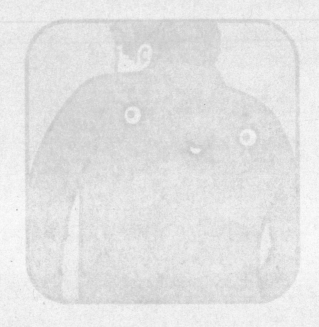

目次

ゆれる
マナー

奥が深い
食のマナー

缶詰のマナー

青山七恵

私はロッテのチョコパイが大好きで、それを知る古い友人が毎年九個入りのパーティーパックを送ってくれる。

今年の誕生日も例によって小包が届いた。年に一度のお楽しみだ。さっそく包みを開けてチョコパイを取り出し、その厚み、チョコレートがまんべんなく全体を覆って凹凸にまで行き渡っているのを眺めてうっとりする。そして一口齧《かじ》り、表面のチョコのぱきっとしたところと、スポンジとクリームのしっとりしたところが口のなかで混ざっていくのを堪能する。おいしすぎる。幸せだ。ついもう一つ手が伸びる。ああ幸せ。

誕生日に届く小包には、必ずチョコパイ以外のものも入っている。たいがいは私の好きな化粧品で、隙間には都会の一人暮らしを気遣って、カップラーメンやパスタソースなんかを詰めてくれるときもある。今年は事前にリクエストしてあったクレンジングオイルのほかに、大量のチョコレートとアミノバイタルが入っていた。それから、見たことのない鮪《まぐろ》の缶詰も。友人いわく、勤めている会社の取引先が作っているもので、作れば作るほど赤字になってしまう特別な商品だということ。非常食用にとっておくのはもったいないので、ぜひ非常時ではない普通の日にご飯と一緒に食べて、と強く勧められた。

というわけでいそいそと米を研ぎ、炊き立てご飯に缶詰を開けて食べる。なんだこれは。おいしすぎる。夢中でかきこみ、気づけば茶碗《ちゃわん》に三杯ものご飯をたいらげていた。そして気づいた。チョコパイよりおいしいかもしれない。いや、チョコパイのおいしさは変わらず、私自身が甘いものよりしょっぱいものをおいしく感じる年齢に達したということなのか。

以来、俄然《がぜん》スーパーの缶詰売り場が気になるようになった。ツナ缶を買うとき以外見向きもしなかったその通路は、まじまじと見ると未知の、物珍しい商品ばかりが並んでいる。たらこ昆布。ほたてのレモン煮。鯖《さば》カレー。口に合うかどうかは買ってみないとわからないというのもドキドキする。街を歩いていて食料品店があれば、缶詰コーナーを覗《のぞ》き、気になるものを一つだけ買って帰る。おいしいのか？　そうでもないのか？　行く先々で、開封まで時間差のあるおみくじを引いて回っているようなものだ。

缶詰は今日食べても、一年後に食べても、同じ味が約束されている。つまり缶詰を一つ買えば、一つのドキドキの素《もと》がある程度の期間、家のなかにキープされることになる。それは希望と言い換えてもいいかもしれない。せっせと缶詰を買いこむのは未来を信じているからだと自分に言い聞かせ、今日も缶詰売り場でじっと目を凝らしている。

みかんのマナー

松家仁之

スイーツ、なんて言い方がまだない頃、冬のおやつの王様といえば断然みかんだった。りんごも好物だったが、包丁不要ですぐ食べられるみかんの王座は、揺るぎなかった。

こたつの上のカゴにはつねにみかんの小さな山があった。下半身はぬくぬくで、少し冷たいみかんを頬張る。空気もからだも乾燥しているから、口いっぱいの果汁が全身にしみわたる気がした。ひと冬でみかん箱ひとつ分くらい平気で食べていたのではないか。もちろんひとりで、である。

食べ方にもいろいろあった。房の端を歯で咥《くわ》え、果肉だけ絞りとるように食べる。袋についている白い筋を悠揚《ゆうよう》と剝がしてから食べる。皮ごと豪快に四つに割り、つながったまま三、四個まとめて口に放り込む。

おおきさも好みが分かれた。小さいほうが甘いと主張する者もいれば、いや、小さすぎると食べた気がしない、やっぱり大ぶりのみかんがいいと断言する者もいた。

私は皮の剝きやすさと甘さには相関関係があると勝手に思い込み、みかんの底部に親指を立て、しわーっと皮を剝く瞬間のやわらかさに一喜一憂したものだ。白い筋のとりやすさも味を占う要素だった。

ところがここ数年、あまりみかんに手が伸びなくなった。昔のみかんにくらべて皮がしっかりしすぎていて、本体とのあいだのゆるみがなくなった気がするのだ。オレンジに近づいた、といえばいいだろうか。昔のみかんはもっとぶかぶかで親指もスッと入った気がするんだけど。

和食屋で同世代の友人たちにそんな話をしたら議論になった。

昔のみかん箱はさ、食べ終わる頃には底にあるみかんの皮が傷んでいたり、カビたりしてたろ？　輸送のあいだに皮が傷まないように品種改良されて、ぶかぶかしたみかんは駆逐されたんだよ。

それに対する反論。種類が増えただけだよ。マツイエが買ってるのはオレンジ系の新種のみかん。皮がかたくても甘いしオレは好きだ。ぶかぶかのみかんもまだあるよ。ただね、みかん農家は世代交代すると廃業になるケースが多いらしい。とにかく手間がかかって大変なんだよ。

黙ってｉＰａｄを見ていた友人が最後に口をひらいた。農家から直送してもらうサイトがあるよ。ほらこんなふうに登録農家が全国にあって、みかんの種類や特徴が写真付きで載ってる。好みがはっきりしていれば、近いものが選べるんじゃないの？　みんなで画面を覗き込む。へえ、これはいいな。

たしかに米にしてもブドウにしても新しい品種が増えた。みかんも当然そうだろう。さっそく農家直送サイトを見比べて、和歌山方面のみかんをひと箱注文してみた。

かたい皮が剝きにくいと感じるのは老化現象、親指の力が落ちただけでは……と呟《つぶや》くのはもうひとりの私だ。まあどうであれ、注文したみかんを剝いて食べ、おいしければすべてよし。

慣れない料理は作らないマナー

戌井昭人

新型コロナウイルス感染症の影響で二〇二一年の正月は、親族が集合してわいわいやることすら憚《はばか》られるようになってしまった。来年は、このような事態から抜け出せるだろうか、やはり正月はわいわいやりたいものだ。

二十代のころは、正月といえば、浅草の団子屋でアルバイトをしていたので、親族の集まりに参加していなかったが、三十代に入って親族で集まったとき、やはり正月はこういうものだと思った。

子供のころ、一緒に住んでいた祖父は九人兄妹の次男で、正月は、祖父の兄妹が次々家にやってきた。九人もいるので色んなタイプの人間がいて、何番目の弟か覚えてないが四男あたりに、酒を飲むと暴れ出す人がいた。正月にその人が来ることになると、家の中が朝からピリピリしていて、祖母や母が、いかにして飲ませないようにするか画策していた。だが無理な話で、その人は家に来るとどんどん酒を飲み、目が据わってくる。ここで酒を止めると暴れ出すのかもしれないので、祖母や母は酒を出し続け、大量に飲ませていると、その日は、暴れる前に眠くなってしまったようで、他の部屋に移動して寝ていたことがある。子供のわたしは、寝ているその人を見ながら、酒を飲む大人はよくわからないと思った。

だが大人になった自分は、正月に親族で集まると、朝からお酒を飲みはじめる。もちろん暴れたりはしないが、昼になると眠くなり、ひと寝入りして、夕方からふたたび飲む。そして夜になると、お節料理に飽きて、何か違うものを食べたくなるのが常だ。

数年前の正月、夜になり、従姉妹《いとこ》とテレビで旅番組を見ていると、レポーターがスペインを旅していて、ガスパチョを紹介していた。ガスパチョは、トマト、パン、ニンニクをベースにピーマン、キュウリ、パプリカなどをミキサーにかけたスペインの冷製スープだ。お節ばかりだったので、ガスパチョの赤みがかった爽やかなスープが、とんでもなく美味《おい》しそうに見えた。わたしも従姉妹も俄然《がぜん》食べたくなってしまい、足りない食材を近所のスーパーに買いに行き、わたしが作ることになった。

ガスパチョは思っていたより簡単にできたが、皆にふるまい、自分も飲んでみると、これがとんでもなく不味《まず》かった。なんだか具合が悪くなりそうな味で、従姉妹たちも困った顔をしていた。とにかく飲めるようなものではなかった。その後、わたしは、実際に具合が悪くなり、正月の数日寝込むことになった。

たぶん下ごしらえが足りなかったり作り方に不備があったりして、とんでもなく不味くなったのだろう。とにかく正月も、その後も、お節料理に飽きたからといって、慣れない料理は作らないほうが良いようだ。

下戸のマナー

白岩玄

残念なことに、自分はお酒を受け付けない体質らしい。一口も飲めないというわけではないのだが、缶ビール半分で頭が痛くなってしまうのだ。仕事柄、絶対参加の飲み会があるわけでもなかったので、特に飲む練習をすることもなくいたら、本当に飲めない体になってしまった。

もちろんお酒を飲まないことのメリットはある。日々の酒代はかからないし、家族で食事に行っても安くつく。肝臓だって悪くならない。

でも、そういったメリットがあったとしても、やはりお酒が飲める人を羨ましく思うのだ。今からでも飲めるようになるのならなりたいし、楽しそうにお酒を飲んでいる人を見ると、いいなぁとため息が出てしまう。

もっと若いとき、それこそ二十代の頃は、羨ましさをこじらせて、お酒が好きな人たちのことを見下していた。ずっとシラフでいるしかない人間の大変さなんて、あんたらにはわからないだろうと思っていたのだ。日々の生活の中で嫌なことがあったときに、お酒を飲んで忘れることもできないし、初対面の人と話す際に、お酒の力を借りて緊張をほぐしたり、距離を縮めたりすることもできない。今となっては恥ずかしいが、すべてを自力で解決するしかない下戸《げこ》の人間の方が、人として立派じゃないかとけっこう本気で思っていた。

でも歳を重ねるごとに、そんな恨みがましい気持ちをいつまでも持っているのは格好悪いと思うようになった。羨ましいものは羨ましいと、素直に口に出す方がいい。それが飲めない人間のマナーとは言わないが、飲めないからといって飲める人間を目の敵《かたき》にする必要もないだろう。

だから今は、ただただ「自分も飲めたらいいのになぁ」と夢想する。特に、お酒を飲むことでリラックスできるのが羨ましい。自分は昔から気分転換が下手くそで、放っておくと仕事を引きずってしまうので、一日の終わりに晩酌して気持ちよく眠れたらどんなにいいだろうと思う。

他にも、真似《まね》してみたいのが、飲み会などで酔いつぶれて寝てしまうというやつだ。昔からそういう人を見ると、「世の中を信用しているんだな」と感心するのだが、あれは誰かが介抱してくれると信じているから酔いつぶれることができるんだろうか？　自分だったら、そこまで周りを信用して身を任せられないのだが、そういう人間としての豪胆さのようなものも、お酒を飲む人の方が持っているような気がする。

自分はもう四十で、今さら酒飲みにはなれないので、来世があったら、酔いつぶれて寝てしまえる人間になりたいものだ。まぁ度が過ぎると周りが迷惑をこうむるから、節度は大事だとは思うが、それでもやはり、お酒が飲めるのは幸せなことだと思う。

クウキ酔いのマナー

恩田侑布子

みんなで里山を日がな一日歩き、明るいうちに静岡の大村《おおむら》バーになだれこんだ。コロナ禍に襲われる直前のまだおだやかな一月半ばのこと。昭和レトロな店内である。手前と奥のカウンター席のあいだには広い座敷がある。衝立《ついたて》の下に男七人女五人のリュックをおしくらまんじゅうさせ、その前に座った。天井をみれば一続きのワンルーム。大きな下敷きみたいなメニューが出た。表にはお酒が、裏にはワンコインより安めの肴《さかな》が並んでいる。ふんわりとした浮遊感に包まれた。

そういえばここは亡き父のお気に入りの居酒屋だった。あんかけ豆腐が名物である。最後に連れて来られたのは何時《いつ》だったかな、と思ったら、あれよ、四十年が経《た》っていた。入口の戸を開ければ街並みは流水のように変わっている。なのに、ここだけは昭和のまんま。

よほど図々しい顔なのだろう。わたしは決まってウワバミにみられる。いただきものもほとんどお酒。でも、ほんとは大さじ一杯しか飲めない。父は大酒飲みで、母は匂いを嗅ぐだけで気持ちの悪くなる人だった。子は股裂きの刑に処された。純米酒やワインは禁断の恋の香り。ほれぼれと乾杯。ゴクッで体は完敗！　でも舐《な》めるワザだけはすごい。一晩中で五勺《しゃく》が自己最高記録である。

「恩田さん、酔っ払ってんの。顔が真っ赤だよ」

トマトジュースを冷やかされる。となりのMさんはぐいぐい焼酎を呷る。匂いを嗅がせてもらう。

たまんない。極楽の風に吹かれるよう。この液体がピンク色のトンネルをたっぷりゆっくり笑いながら旅してゆくんだもの。上戸《じょうご》ほどうらやましいものはない。

父は晩酌しながらよく「人酒を飲む。酒酒を飲む。酒人を飲む」と、教え甲斐《がい》のない子に教えた。ワンゲル仲間にいさめは要らない。酒豪のOさんは六十八歳だが、山行だけでは足りず、一日十キロも走っている。三月八日の静岡マラソンにも出る気だ。

「三百六十日飲んでるけど健康診断で異常なんにもない」

「いい肝臓。親に感謝ね」

「俺が奥さんならすぐさま離婚だ！」

「いいじゃん。ちゃんと働いて健康で、文句あっか」

気分良くわたしが言い返してあげた。しらふですっかり酔っ払っていた。昔から安上がりな女。クウキ酔いの名人である。寄る年波と相談しながら山歩きを終えた解放感で、みんな気取らずに話す。いまからこのわたし、ウンテンして帰れる？　心配になるほどの酩酊《めいてい》感だ。

酒仙翁《しゅせんおう》ともいわれる盛唐《せいとう》の詩人李白《りはく》は「将進酒《しょうしんしゅ》」という詩で「金樽《きんそん》をして空《むな》しく月に対せしむる莫《なか》れ」といった。これを快楽主義ととる人もいる。そうかしら。二度と帰ってこないこの夕べ。いつどうなるかわからない人間、ぬくもりを分かち合いながら、楽しめるときには存分に楽しもう。盃《さかずき》を上げよ。この世の無常を知るなんとも温かいことばではないか。

酒樽《さかだる》のそばでぽわわとしているのが大好きである。

蕎麦のマナー

松家仁之

小津安二郎の映画で老人役を演じていた笠智衆《りゅうちしゅう》は、老人界の菩薩である。いずれ、こんなふうに枯れた感じになれるだろうか、と憧れるような佇《たたず》まい、表情をしていた。「そうか」ではなく「ほうか」と聞こえる相槌《あいづち》。達観した微笑はアルカイック・スマイルと呼びたい美しさ。まあ、遠い果ての境地だとは思っていたが。

映画『東京物語』公開から七十年あまり、いざ自分が還暦を過ぎてみると、その程度では枯れず、達観もできないと思い知ることになった。まだ悪あがきの段階で、煩悩だらけである。サプリメントを飲み、一日五千歩のノルマを課し、テレビや新聞を見てカッとなる。どこか騒々しく、往生際が悪い。

とはいえ老いは進行して食はだいぶ細くなった。フルコースの料理など、もはや苦しく感じる。料理が進むにつれ「肉料理まだあるのか」「デザート？　無理無理」と、撤退モードになることもしばしばである。量を自分で決定できる寿司《すし》や、重箱という限定空間に横たわる鰻《うなぎ》に、親しみと安心感が増している。昼は軽く蕎麦《そば》、も習慣化した。初老フレンドリーな食はやはり寿司、蕎麦、鰻だなと思う。

が、蕎麦にも悩みはある。

初めての店の盛りの量がわからない。メニューを熟読し、周囲の客の様子をちらと観察し、耳を澄まし、分析して、方針を決定する。食べ足りないのは寂しいし、くたっとなった蕎麦を残したくはない。

先日、都心にある蕎麦屋に初めて入った。カウンターとテーブル席。BGMはなし。蕎麦を用意する音と食べる音だけ。おいしい蕎麦への序曲のような雰囲気に期待は高まる。

おろし蕎麦を注文。港区だし、量は少なめだろうと判断、迷わず「大盛りで」と口にした。

運ばれてきた蕎麦を見てびっくり。ほんとうの大盛りだ。しまったと後悔したが、おろし蕎麦は胃薬兼用と暗示をかけつつ完食。香りも歯ごたえも喉越しも満点のおいしさだった。

そういえば最近、蕎麦を勢いよくズズズーッとすするのをやめにしている。蕎麦猪口《ちょこ》を拡声器がわりに立てる轟音《ごうおん》は、仇《かたき》を討つような勢いで耳障りだし、やっぱり行儀が悪いんじゃないの、と思い直したのだ。とはいえ、モソモソと口に蕎麦を運ぶのではなく、すするのはすする。ズバババではなく、ソーソソというくらい。笠智衆になったつもりで、すする。

『東京物語』を撮影していた頃の実年齢を計算すると、小津も笠智衆も五十歳に満たない。なあんだ、君たち若かったんだねえ……としみじみしながら、ゆっくりとそば湯を飲んでしばし老人の練習である。

ゴーヤのマナー

宮内悠介

皆さんには父の味というやつがあるだろうか。

ぼくはある。ゴーヤチャンプルーだ。普段はあまりキッチンに立たない父が、これだけは作るというのがゴーヤチャンプルーであった。沖縄滞在中に試作をくりかえして作ったという一品で、父の得意料理である。

ゴーヤの日は、だいたい大騒ぎになる。まず材料のゴーヤを買うときは、スーパーで目を皿にして一番おいしいゴーヤを選ぶ。おいしそうなゴーヤがないと父は不機嫌になる。豆腐の水切りを忘れても不機嫌になる。完成後になかなかこちらが現れないととても怒るので、そろそろできそうだとなったら一同がスタンバイする。この料理は、実際のところ、かなりマナーが問われる。そうやってできたゴーヤチャンプルーは、しかしながら、とてもおいしい。

からっと炒《いた》めあがって、塩加減が絶妙でごはんがすすむ。異様にこだわったりすぐ不機嫌になったりするのはどうかという気持ちはあるものの、でも感情が剝《む》き出しだからこそ、完成時には一種の祝祭感があるというか、ハレの日の料理という感じになる。

これは、普段感情を抑えて穏やかに過ごそうとするぼくには真似ができない。感情をもっとちゃんと動かそうというのは、このごろのぼくのテーマだ。思うに人間、小さなことで不機嫌になったりすることは必要なのだ。それは、小さなことでも喜べるということだから。

ともあれ、このゴーヤチャンプルー、一代限りのものにするにはもったいない。そこで、結婚するにあたって父からレシピを教わった。以降、夏が来るごと、ときおり作る。ゴーヤは目を皿にして選ぶ。それ以外は、まあ、不機嫌にならない程度に適当にやる。ときどき失敗して醤油《しょうゆ》を入れる。醤油というやつは、けっこういろんな場面でミスをカバーしてくれる。

ただ、父が作っていたときのような祝祭感はあまりない。ぼくは、レシピさえ教わればあれが作れるようになれると考えていた。でも、そう簡単なものではないようだ。これを祝祭にするためには、周囲をはらはらさせるくらいの、かつてはめんどくさいとしか思っていなかった、父のあの入魂っぷりが必要であったのだ。

父のゴーヤチャンプルーのレシピは以下の通り。

ランチョンミートは拍子木切り、豆腐は重しを載せて水切りしたのち、つぶしてレンチンしてさらに水切り。ゴーヤは縦半分に切ってスプーンでワタを取り除き、適当な厚さに切っておく。卵を溶く。いざ。熱した中華鍋にオリーブオイルを多めに入れる。ランチョンミートとゴーヤを炒める。少し炒めたら塩を多めに、五つまみほど入れる。黒コショウを振る。ゴーヤがしんなりしてきたら、真ん中を空けて豆腐を入れて炒める。卵を投入してさらに炒める。

食品購入のマナー

服部文祥

我が家は生ゴミを捨てない。捨てるのは、みかんの皮と、タマネギの皮と、バナナの皮と栗の皮と、ネギの先端くらいで、あとはすべてニワトリが食べるからである。柑橘《かんきつ》系の皮は堆肥置き場に投げるか、薪《まき》ストーブの前に積んでおいて、多少乾いたら燃やす。

卵が孵《かえ》ってニワトリが十一羽まで増えたときは、生ゴミと庭の草や虫だけではエサが足りず、安い配合飼料を購入して与えていた。

ニワトリを飼いはじめたのは、狩猟でどうしても余ってしまう雑肉や骨が、卵に生まれ代わるのでは、と期待したからである。実際に、猟期が始まってニワトリのエサが配合飼料から獲物の雑肉にかわると、ニワトリが産む卵もグンとおいしくなった。出所のわからない配合飼料ではなく、完全自然食を与えればうまい卵を産む。自然食＝うまい＝健康なのだとしみじみ思った、そのときだった。

ハッとして、これまでの自分の食生活はどうなのだと考えてみた。自分がこれまで食べてきたものは、獲物の雑肉的な自然食といえるだろうか。配合飼料だったのではないのか。

同じものだったら安く購入するのが賢い買い物だと我々は当たり前に考えている。たしかに同じ工場から出荷された工業製品なら安く買うほうが得だといえる。だが、食べ物は同じに見えても中身は全然違う。それがニワトリの卵の教えである。

企業努力や経費の削減で値段を低く抑えているならいい。だが安い理由が、促成栽培や安い飼料など、質が悪いということであるならどうなのだろう。安い物を買うのは賢いと言えるのか。

出費だけの問題ではない。質が悪いものを、安いからという理由で我々が喜んで購入すれば、質は良いけどちょっと高いものは売れ残ってしまう。それでは商売にならないので、小売店は仕入れなくなる。どこも仕入れてくれなければ、生産者はいいものを作りたくても作れない。

「購入」とは「評価」であり「肯定」だ。何かを買うとは、その価値を認めて賛同することに他ならない。そして同時に、比べて買わなかったものを、否定することにもなってしまう。

安い物を肯定し、質が良いけどちょっと高価なものを否定し続けたら、いったい何が残るのだろう。我々は「賢い買い物」をすることでおいしいものを世の中から駆逐しているのではないのか。そして質の低い食べ物を食べることで、自分の肉体の質（健康）も下げているのではないのか。

賢い買い物とは少なくとも食品の場合、安い物を買うのではなく、良いものを適正な値段で買うことである。それがニワトリが教えてくれた食品購入のマナーである。

人付き合いは
難しいマナー

挨拶のマナー

松家仁之

最近いちばん驚かされたのは、若い友人の電子メールをめぐるひと言だった。

「メールは挨拶から入る必要があって、堅苦しいんですよ。だからほとんど使いません」

彼が利用する通信手段はラインやスラックなどのコミュニケーションアプリが中心。詳しい説明は省くが、挨拶抜きで本題に入る対話形式の通信方法である。単刀直入な短文のやりとりが一般的だ。

私にとって電子メールは気楽な連絡手段で、挨拶めいたものは一行入れるかどうか。ハードルが高いのは手紙である。お願いやお詫《わ》びなど、こちらの気持ちを丁寧に伝え、先方の理解を得る必要があるときには万年筆を手にとる。書き損じがあれば書き直す。畳んで封筒に入れ、封をし、切手を貼ってポストに投函《とうかん》すると、大仕事を終えた気分だ。

昔、手紙の名人と呼ばれた編集者に教えられた文例に「本来なら参上してご説明申し上げるべきところ、とりいそぎ書状にてお伝え申し上げる失礼の段、どうかご容赦ください」というのがあって、手紙はあくまで簡略な手段、とりいそぎの手段なのだとこのとき知った。三十年以上も前の話。

元大企業の社員だった漫画家しりあがり寿さんにはサラリーマンの日常を描いた作品がある。社員同士の挨拶の描写がうまい。社内では「おはようございます」が「あーす」、「ありがとうございました」が「あったーした」、「どうも」が「だう」と「鳴き声」化する。サラリーマンの挨拶は言葉というより鳴き声だ、と看破する視点に納得し笑った。

クルマの運転手同士の合図、挨拶も味わい深い。パッシングライトの点滅は「どうぞ」、ハザードランプの点滅は「ありがとう」「すみません」。言葉より上品な感じさえする。

養老孟司さんは四歳のとき父の臨終に立ち会い、家族から「お父様に挨拶を」と促され、何も言えなかった。以来、挨拶ができない子どもになってしまったという。たしかに養老さんが時候の挨拶めいたものを口にするのを聞いたことがない。ぶっきらぼう。しかし人には慕われる。挨拶が絶対ではない好例だが、たんに真似しても失礼になるだけかもしれない。

過剰に儀礼的な挨拶も、過ぎたるは及ばざるがごとし。挨拶が妙に長く丁寧すぎると、相手の真意を測りかねる気持ちにもなってくる。会うなり笑顔で「Hi!」とひと言、あとは握手のアメリカ式(?)もいっそ清々《すがすが》しい。

相手の怒りをかうような重大な失敗を詫びるときには、メールや手紙ではすまなくなる。怒りの感情は脳の古皮質の働きだという。それを鎮めるには、古いマナーにしたがい、本人を訪ね、顔を合わせてお詫びをするしかない。

挨拶は本来、表情や声の調子、身体性とセットであることが必要なのかもしれない。言葉は脳の新皮質からやってくるからメールの挨拶では身体性がともなわない。若い友人がメールを「堅苦しく」感じるのも無理はないのだ。

電話のマナー

小川糸

元来、電話が苦手である。

人生で初めて触れた受話器は、実家にあった黒電話だった。後世の電話に較《くら》べるとずっしりと重く、まるで大黒さまのように茶の間の特等席に置かれていた。電話が鳴ると、母はよそ行きの少しかん高い声で、誇らしげに苗字《みょうじ》を名乗っていた。

友達からの電話もボーイフレンドからの電話も、全て茶の間で受けなくてはいけなかった。だから、会話の内容を悟られぬよう、慎重に言葉を選びながら話す術《すべ》が身についた。あまり長く喋《しゃべ》っていると、注意されたものである。家族がそれぞれ、やんわりと、他の家族の人間関係や行動を把握していた時代だった。

初めて携帯電話を手にしたのは、社会人になりたての頃だ。周りの人は、まだほとんど持っていなかった。

けれど、携帯電話は肌に合わなかった。そもそも、同時に二つのことをするのが得意ではない。つまり、歩きながら話す、という行為にどうしても馴染《なじ》めなかった。その上、外でまで電話を使うことが、なんだか恥ずかしくも感じたのである。それで、契約早々、携帯電話を手放してしまった。

それからは、長らく携帯電話を持たない時代が続いた。携帯電話は、あれよあれよという間に社会に広まり、それこそ子どもからお年寄りまで誰もが所有する世の中で、わたしは携帯電話なしを貫き通した。基本的には自宅にいるので家の固定電話で事が足りるし、外で誰かと会う時は、待ち合わせの場所と時間をあらかじめきちんと決め、何かあった時のために相手の携帯電話の番号を控えたメモさえ忘れずに持って出れば、特に不自由を感じることはなかった。わたしは常にテレホンカードを持ち歩き、必要な時は公衆電話のお世話になった。

携帯電話を持ちたくない理由の筆頭は、重たいから。そして、それほど必要性を感じないからだ。

が、今わたしの手元には一台のスマートフォンがある。ついに世の中の流れに抗しきれず、契約した。ただし、電話として使うことはまずない。外出時も、ほとんどの場合は家に置いていくので、不携帯電話だ。電話として使うのは、もっぱら自宅の固定電話である。だから、仕事の電話も友人からの電話も、いまだに家の電話にかかってくる。

それで今、ひとつ困っていることがある。仕事の相手は流石《さすが》に名乗ってくれるのだが、友人の場合、スマホに慣れてしまったせいで、多くが名乗らずに話し始める。固定電話に相手の名前は出ないから、わたしは声の調子で相手が誰かを探るしかない。交友範囲が狭いので、大抵すぐに判別するが、途中まで相手が誰かわからずに話してしまうこともないではない。だから、電話のマナーとして、まずは名乗って欲しいのである。

電話帳のマナー

白岩玄

他人に言うとたいてい驚かれるのだが、ぼくはスマホの電話帳を名前ではなく絵文字で登録している。コーヒー、りんご、ライオン、自転車など、その人から連想する絵文字を名前の代わりに使っているのだ。

もともとは高校生のときに、仲のいい友達数人としょっちゅう携帯メールのやりとりをしていたのがきっかけだった。当時はまだガラケーしかなく、ショートメールを使っていたので、メールが一通来るたびに、受信箱に送り主の名前が表示されるのだが、そのときの「漢字ばかりの他人の名前が画面上に並ぶ感じ」が堅苦しくて嫌だったのだ。

それであるとき、電話帳に登録されている名前を、友達一人一人から連想する絵文字にしてみると、受信箱の中が一気に可愛《かわい》らしくなった。メールが来るたびに、名前ではなく、絵文字ひとつで表示される。何通かやりとりしたとしても、同じ絵文字が（たとえばチューリップの絵文字が）ぽんぽんぽんと縦に並ぶだけなので、見た目的にもすっきりしていて、めっちゃええやん、と悦に入っているうちに、すっかり定着してしまった。そうなると、他も統一したくなって、結果的にそのとき登録されていた七十人近い人をすべて絵文字に変えたのだ。

とはいえ、絵文字で登録していることの弊害もある。たとえば、新しく誰かの番号を登録する際は、当然その人に合った絵文字を考えるのだが、すんなり決まる人と、そうでない人がいるのだ。

基本的には、コーヒーが好きな人ならコーヒーの絵文字、見た目がライオンっぽい人ならライオンの絵文字など、そこまでひねることなく選ぶのだが、なかなかしっくりくるものが見つからないと、だんだん登録するのが億劫になってくる。

そんなふうに、絵文字を選ぶのも楽ではないため、連絡先を交換しても、たぶんもう会わないだろうなという人は、ひとまず登録を保留にすることが多い。その後、何度もやりとりがあって、今後も付き合いが続きそうだなと思えたら、そこで初めて絵文字を割り当てて登録する。

また、会わなくなった人の絵文字は、永久欠番のようになってしまう。一度使った絵文字には、その人のイメージがこびりついてしまっているので、どうしても他の人に使えないのだ。

そのため、ぼくは特定の絵文字を目にするだけで、今はもう会わなくなった人のことを思い出す。たとえばコーヒーの絵文字は、昔付き合っていた人だったので、他人が送ってきたメールの中にその絵文字を見つけると、甘酸っぱい思い出がよみがえる。

たぶん、ぼくは死ぬまで、携帯の絵文字を見るたびに、いろんな人を思い出すのだろう。それはそれで、なかなか他の人にはないことだから、まぁいいかと思っている。

ネイティブ・スピーカーのマナー

温又柔

私が三歳になるかならないかの頃、父が東京で働くことになり、私たち一家は日本で暮らし始めた。はじめは一人で東京と台北を行ったり来たりしていた父が、やがて妻と、まだ幼い子ども——私のことだ——を自分の元に呼び寄せて、家族三人、東京に住むことになった。

当時三歳だった私が今年四十三歳になるので、ちょうど四十年前のことになる。

今の自分より十歳ほども若かった台湾人の両親が、日本で暮らし始めた頃のことを想像すると、少しどきどきする。

というのも、父は来日前に速習コースで日本語入門を独学しただけだというし、母に至っては、日本語を学ぶ機会を得ないまま、日本という新天地に飛び込んだのだから。それも、小さな子ども——しつこいようだが、私のことである——を伴って。


幸い、父や母は、順調に周囲に受け入れられた。アパートの大家さんや、スーパーで出会う店員さん。母が妹を出産した病院や、私の学校の先生など。とにかく、日本語が不自由であるせいで、父と母が、「孤立」することはなかった。だから私の父と母は、勇敢だっただけでなく、幸運でもあったのだろう。それに、外国語を喋《しゃべ》る、ということに対して父と母は、私よりもずっと大らかに構えていた。

私なら、外国語を話さなければならないときは、自分の話を聞く相手が少しでも首を傾《かし》げようものならばすぐさま、文法が変？　とか、発音が悪いのかな？　とか、こんな語彙《ごい》はないのかも、と不安になってしまう。相手が、ネイティブ・スピーカーならなおさらだ。

ところが両親ときたら、特に母は、実に堂々としたものだった。自分の日本語が変かもしれないといちいち気にしていたら、生活などできなかったのもあるのだろう。もちろん、そんな母だって日本語は下手なままでいい、と開き直っていたわけではない。思春期を迎えた娘——私である——に、なんでそんな変な日本語を喋るの？　もっとちゃんと喋ってよ、と咎《とが》められたときは涙ぐんでいた。

思春期の頃の私みたいなことを言う日本人が、来日したばかりの両親の周囲には少なかったはずだと思う度に安堵《あんど》する。紆余《うよ》曲折はあったものの、他でもない両親の話す日本語を聞いて育ったおかげもあって、いつからか私は、いわゆるネイティブ・スピーカーでない人たちが喋る、ちょっと不正確な日本語を聞くと、それだけで妙にふくよかな心地になる。きっと、昔からずっと日本語だけを喋ってきたわけじゃない相手の人生の豊かさを想像してしまうからなのだろう。そして、日本語を話すときの彼ら一人ひとりが、ネイティブ・スピーカーである私に対して変な緊張をしないでいられるよう、大らかに構える。

お久しぶりです、のマナー

温又柔

私は顔を覚えられやすい。子どもの頃からずっとそうである。新しい先生や新しいクラスメート、新しく知り合った人たちから、真っ先に覚えてもらえる。

ほかの人たちよりもめずらしい名前の持ち主というのもあるからなのだろう。

私がこんな名前をしているのは、台湾人の両親を持ち、自分も台北で生まれた台湾人だからだ。三歳から東京で暮らしているので、十代の頃にはもう、自分を日本人のようなものだと感じながら過ごしていた。友人たちも、似たようなものだった。

――ところで、ユウちゃんって、ナニジンだっけ?

――うーん。台湾人なんだよね、実は。

一見、日本人に見えるこの見た目と、明らかに中華風の名前は、おそらく初対面の人の印象に残りやすい。それに私は自己紹介の機会があると、時々、おまんじゅうみたいな名前ですよねえ、と付け加えたりもする(おんゆうじゅう、と綴《つづ》るたびしみじみとそう思うのだ)。それもあって、いったん挨拶《あいさつ》を交わしたら、大体の方は私を記憶してくれる(おまんじゅうの人だ、と思われているのだろう)。

ところが私自身はと言えば、他人の顔や名前を記憶するのが決して得意ではないのだ。いや、もっと正直に、言ってしまおう。私は、人さまの顔を覚えることがかなり苦手である。それなのにこちらは顔だけでなく名前も覚えられやすいので、時々、困ることがある。たとえば、なんらかの集まりなどで、ニコニコと笑っている人と目が合って、お久しぶりです、とか、元気だった？　と親しみたっぷりに言われたとき。

（だ、誰だっけ？）

必死になって考えながら、私もあなたをちゃんと覚えてますよ、というふりをしてしまう。どなたでしたっけ？　とか、どこで会ったんだっけ？　と訊《き》けばいいのに、そうするのは失礼な気がして。しばらく話しているうちになんとか思い出せることも多いので、今のところ、致命的な粗相はまだない（はずだ）。

つい先日、はじめまして、と挨拶した相手に、

「実は、はじめまして、じゃないんですよ」

と言われたときは、大変な失礼を働いてしまった、と非常に焦った。しかしその方はすぐに、自分が私と、いつどこで会ったのかと続けてくれた。おかげで私は、ああ、あのときの、と鮮やかに記憶が蘇《よみがえ》って、とても助かった。それ以来私も、お久しぶりです、と誰かに声をかけるときは、自分がいつどこで相手と会ったのか必ず言い添えるようにしようと思っている。もっとも私の場合、先に声をかけられる場合の方が圧倒的に多いのだけれど。

語学のマナー

宮内悠介

片言で身振り手振り交えて話すのが好きだ。それで、どこか外国に行く際は、行く道の飛行機で一夜漬けで現地の言葉を学ぶ。といっても、最低限、宿を取るのに必要な言葉や、一杯の水を求める言葉、それから5W1Hなどだ。5W1Hは必ず覚える。「どこ」とか「誰」とかは身振り手振りで伝えにくいからだ。5W1Hとは高度な、言語があってはじめて生まれる、そういう概念なのかもしれない。

現地で現地の言葉を喋《しゃべ》れば、それだけでちょっと元気になる。思うに、喋るということと生きるということは、わりと近いところにある。脳に新たな辞書ができて、言葉が書きこまれていくだけで、活力が生まれる。幼児の世界が言葉を覚えることで開けるように、世界が開けていくのだ。母語だとなかなかそうはいかない。母語の使いかたというのは、複雑すぎるのだ。修飾に修飾が重なり、ときに本心というものが捨て置かれる。母語において、ぼくたちは配慮のしかたを覚えすぎている。母語を使いすぎると、倦《う》む。少なくともぼくはそうだ。だから、アムハラ語とかヒンディー語とかそういうやつで、雑踏のなかで大声で物を値切ったりすると、少しばかり心が若返る。必要にかられると、照れとかそういうものから無縁になるのもいい。言葉に自意識が入りこむ余地がなくなるからだ。ぼくたちが見失いがちな、心と言葉が一対一に対応しているような、そういう話しかたになりやすい。普段なら遠慮して言えなかったり訊けなかったりすることが言えたり訊けたりもする。

こういう話をすると、語学が得意だと思われるかもしれない。そうではない。フランス語はひたすらに単位を落とした。会話の授業は、小芝居みたいなのが恥ずかしくてさぼった。せっかく外国で覚えた言葉も、帰国した翌日にはもう忘れる。

でも、片言で身振り手振り交えて話すためには、不得意なほうがいいだろう。得意であれば、そもそも片言にならない。妻とはじめて海外旅行をしたとき、ぼくは旅慣れたかっこいいところを見せようとした。が、妻は普通に語学がよくできて現地の人との会話やトラブルシューティングに長《た》けていた。そういうものだ。他方、妻は日本語においても、たぶん、ぼくよりも心の通りに話すのがうまい。これにはたぶん法則があって、語学の得意不得意とは、そもそもそこらへんに由来するのではないかと思う。

ぼくが母語に倦むことも、語学が不得意なことも、片言で喋ると心のどこかが蘇《よみがえ》ることも、たぶんひとつづきの何かなのだ。だからぼくと同じタイプの人は、ぜひ外国語で喋るというのを試してみてほしい。もし、やったことがなければ。どんな不得意なものにも、なんらかの楽しさはあるということだ。

やんなっちゃう時のマナー

恩田侑布子

　オリンピックの来るのが怖い。聖火リレーが走る四年毎《ごと》に、二回連続で追突事故の被害者になった。一回目はこう。見通しのいい大通りの交差点だった。赤信号で停《と》まっていた。ドスン！　首が前へ後ろへ、むちのようにしなった。バックミラーには若い女性の顔が。

「赤信号、見てなかったんですか」

「うちの子、昨日熱出して、わたしは看病で一睡もしてないんですよ」

「はあ〜」

　車は凹《へこ》み、病院で「頸椎捻挫《けいついねんざ》」といわれる。謝罪のことばひとつなく、当日より二日、三日、一週間、ムチウチ症はしんどくなっていった。まな板一枚持とうにも激痛が走る。もともと回らない首が本当に右にも左にも向かなくなった。足は地面というよりこんにゃくを踏むよう。

　保険から出たのは最初の通院費プラスすずめの涙。フリーランスには何の保証もない。

　整骨院の電気やマッサージに行くと、数時間だけはラクになった。常連さんは高齢者や部活帰りの高校生が多い。世は華やかなオリンピックの美技に酔いしれていた。治療ベッドで整体師のお兄さんに足をつかまれ、股を開かれ、

「恩田さん。股関節は柔らかいです。いいですよ」

オリンピックのさなか、これは運動音痴の罰ゲームか。

二回目はこう。駅前の国道で信号が青になった。発進した。左方向から救急車がけたたましく交差点へ。法規通り停まる。ズドーン！　バックミラーを見る。高い運転台。大型トラックだ。耳には携帯電話。サイレンを聞いていない。

「待ってー。もう一人乗せてー」

救急車はすまして前を通り過ぎて行った。

やれやれ。またムチウチ。整骨院通いの日々。そんなときにも楽しみはある。以前から棚にズラ〜と並ぶコミックが気にかかっていた。子ども時代は少女漫画を週刊、月刊、別冊まで総買いしていたマンガ好きだ。でも『ガラスの仮面』は未読。これである。惚《ほ》れて通へば穢《え》土《ど》も極楽。

つい先日も、交通事故と似た突撃体験に遭った。思いがけないモラハラ（精神的暴力）である。世の偉い男性から一座の面前でいきなり暴言を浴びせられた。悲しみの谷底へ真っ逆さま。このまま電車で帰ったら発作的にホームから飛び込むかも。歩こうか。ホテルの前を過ぎ、寄席までなんとか辿《たど》り着いた。声を出して笑ってみた。ハネて、靴一足を下駄箱から出すとき、急にまたこみあげた。休もうか。翌日の予定を全部とりやめた。十時間は寝たかな。

英国の小説家ワイルドは『獄中記』で、「哀《かな》しみのなかに聖地がある」といった。どしゃぶりを抜け光をみつけたい。そんなときは笑いと眠り。おまじないことばだってある。

「運はイイよ。まだ生きてるじゃん！」

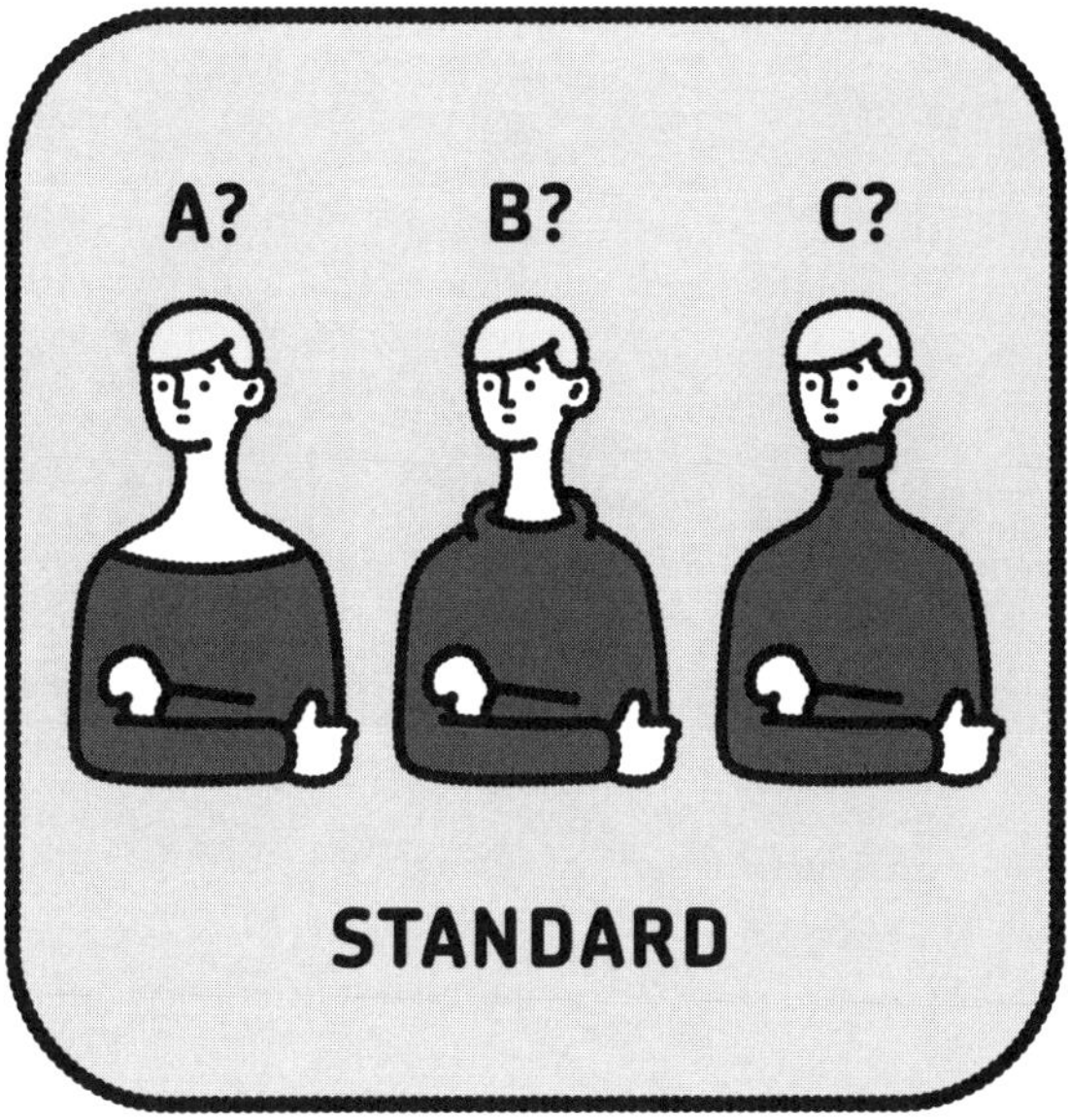

身だしなみの罠のマナー

平服のマナー

松家仁之

葬儀でも一周忌でもなく「偲《しの》ぶ会」のような集まりの案内状に「平服でお越しください」と書かれていることがある。この「平服」が悩ましい。

「平服で、と書いてあるけど、偲ぶわけだし、やっぱり服は黒かな？」と周囲に意見を聞くあたり、すでにおよび腰だ。

平服とは「式服、礼服でない、日常の衣服」。この日常の衣服というのも、当事者の意識によってだいぶ変わってくる。ネクタイにスーツが当たり前で三十年やってきた、という会社員にとってはスーツが平服。いっぽう、ジーンズにTシャツこそ平服という人もいる。

以前、ある「偲ぶ会」に派手なアロハシャツを着て登壇し、追悼の挨拶をする人がいて驚いた。しかし、ハワイではアロハシャツは正装である。ハワイでの「偲ぶ会」なら誰も驚かない。ただ、私が見たアロハの人はハワイの人ではなく、会場も東京だったのだが。

アップルの創業者、スティーブ・ジョブズはつねにタートルネックにジーンズ、スニーカーで通した。タートルネックは三宅一生に特注でつくってもらったもの。色は黒。百着注文したのだという。

二〇一八年、ジョブズの故郷であるアメリカ西海岸、ロサンゼルスの大学町にしばらく滞在していた。町で暮らすうち、ジョブズ的な服のマナーが目につくようになった。

全体に地味なのだ。なんというか、ファッションの男女差があまり大きくない。たとえば女性のワンピースやスカートの着用率が著しく低い。ジーンズやパンツ姿が大勢を占め、しかも柄物より紺や黒系のモノトーンが目立つ。ヒールのある靴を履いている人も少ない。大学町ならではの現象かと思えば、他のエリアでも似た傾向を感じた。

十九世紀後半のゴールドラッシュ時代に西海岸で生まれた作業着がジーンズである。一九六〇年代後半、西海岸のフラワームーブメント以降、男女の別なく広がって、日本でも大流行した。西海岸は究極の、平服の都なのではないか。

アップルコンピュータは合理性と機能性を美しくデザインしたもの。だから平服にも機能性の高い簡素な美しさを求めたのか、と思ったら、ジョブズの平服の契機となったのは彼がソニーの工場を訪問した際、その制服に感銘を受けたことに始まるらしい。うーむ、ちょっと意外。

とはいえ、就職シーズンの黒一色、コートもカバンも見た目は同じに統一される日本の学生をジョブズが見て「いいね」と感じたかどうかは別の話——と思いたい。

私の「偲ぶ会」対応の服は、黒のスーツ、ネクタイは銀と黒の千鳥格子、胸ポケットに白のチーフ。地味だけど喪服ではない無難な選択になった。

ジョブズの個人主義的平服に憧れても、いざとなれば同調圧力に従う弱い心では、就活生にどうこう言えたものではない。日暮れて道遠し、である。

髪のマナー

松家仁之

小学生までは直毛だったのに、中学にあがる頃、ウェイブがかかるようになった。いわゆる天然パーマである。

高校大学は長髪だった。なにしろ一九七〇年代だ。肩くらいまで伸ばしていたが、伸びるほど髪のうねりが強い波模様を描いた。さらさらの髪に憧れた。

東京の湿潤な気候は、細毛の天然パーマに多大な影響を与える。全体がぼわんと膨らみ、ヘアスタイルもなにもあったものではない。藤子不二雄描く「ラーメンの小池さん」のクシャクシャ頭と同じ。朝起きれば、雷に打たれたように逆立ってしまう。

スポーツ刈りとはちがうオシャレ風の坊主頭が現れるようになった頃、採用を検討してみたが諦めた。頭のかたちが悪すぎるからだ。フリーサイズの帽子が入らないほど後頭部が突き出ている。髪があればカモフラージュできなくもないが、坊主になったとたん丸見えだ。

そして坊主頭はあぶない。身長が一七八センチあるので、鴨居《かもい》やらなにやらにしたたかに頭を打ち付けることがしばしばある。髪のクッションがなくなれば即、流血の惨事だろう。

結局、月に一度は髪をカットして整えるという消極的かつ保守的髪型で通してきた。

四十歳の頃、デスクワークしていた私の背後を年上の女性社員が通りすぎ、引き止められたように立ち止まると、微妙な笑顔で言った。

「やばいんじゃないの？」

「え？」と私。なにが「やばい」のかわからないまま、胸騒ぎがし、目が泳いだ。

「髪よ、髪。ちょっとケアしないと、来るわよ」

二十年も前のことだから、現在の状態から比べれば、ごく初期段階だったはず。しかし彼女には何かがはっきりと見えたのだ。「そんなばかな」と「ついにきたか」と内心でふたつの声がせめぎあった。

海外出張のたび、彼女には買い物を頼まれていた。ウェストをひきしめるというふれこみの高価な乳液を何本かスーツケースに詰めて帰ってくるパシリ役だった。その恩返しの忠告なのか。いや……ちがうだろうな。

遺伝の包囲網もあった。母方の祖父も伯父もつるつるだった。父方はそうでもないが、髪は「母方にこそ要注意」というまことしやかな噂《うわさ》も聞こえてくる。

毛根の診断を受け、いままでいうヘッドスパにも短期間通ってみたが、劇的な変化はなし。発毛、育毛によいとされる成分が配合された高価な育毛剤にも手を染めた。皮膚科の医師に処方された開発されたばかりの育毛薬も試してみた。しかし加齢に伴い新たな処方薬も増えたため、いまは飲むのをやめている。レット・イット・ビーである。

天然パーマを嘆いて悪かった。きみたちはどうかそのままここにとどまってほしい。マッサージを兼ねたシャンプーとリンスを、心をこめ、頭を垂れ、やっている。

うしろのマナー

松家仁之

舗道の真ん中は歩かない。なるべく右か左に寄って歩く。うしろから来る人や自転車が気になるからだ。

小学生の頃、夜ひとりで風呂に入り目をつぶってシャンプーしていると、背中になにやら気配を感じることがあった。大急ぎで髪をすすぎうしろを振り返っても、なにもない。

高校受験の時、休み時間にトイレに行った。個室ではなく「あさがお」の前に立つ。うしろに受験生が詰めて並んで待っている。その圧迫感でオシッコが出ない。それが原因ではないけれど、見事不合格だった。

二十代の頃、若葉のまぶしい晴れた日に女性と手をつないで歩いていた。うしろから近づいてきた自転車の男が、追い抜きざま私の肩を手で押しのけた。無言ながら「目障りだよ邪魔だドケ」の声を感じた。去ってゆく自転車に抗議の声もあげられず、嫌な感触だけが肩に残った。

映画『暗殺者のメロディ』で見たトロツキーの最期の場面が忘れられない。背後からピッケルで一撃され、トロツキーは倒れる。もしもトロツキーが猫だったら、ピッと耳をうしろに向け、忍びよる足音に気づいただろうがトロツキーは人間である。

他人を刺激する何かよろしくない風情が自分のうしろ姿にあるのでは、と疑ったこともある。週末の午後、散髪の予約時間が迫り、急ぎ足で井の頭公園のなかを歩いていた。すると突然「ヘーイ」という声がし、背中に冷たいものが当たる感触があった。液体？　驚いてふり向くと、Tシャツにジーンズ、ボストン眼鏡にヘッドフォンの若い男が挑戦的な顔で私を見返し、奇声をあげながら、ペットボトルの中身をさらにかけてきた。水だ。まわりにはたくさん人がいて、恐怖より恥ずかしさが先に立つ。

咄嗟《とっさ》に「アタマオカシイノカオマエ！」と英語で言った。欧米系の顔をしていたからだ。「イエーイ」と叫ぶや男はスピードをあげ、私を追い抜いていった。なんなんだいったい！

ひとつだけはっきりしているのは、私のうしろ姿には相手をひるませる威圧感がまるでないらしいことだ。下手な相手に理由もなく水をかければ、逆にボコボコにされる可能性だってあるはずだ。だとして……無作法を呼びよせるうしろ姿とはどういうものなのか。非力そうな老人感？　歩く自分を見ることはできないから、私にはよくわからない。

近頃あらたに意識するようになったのは下りのエスカレーターである。一段あいだをあけて乗るようにしているが、そうすると前の人の頭頂部が目の前にくる。見てくださいと言わんばかりにうしろの人に見えてしまうのか。いやだなあ。

頭頂部の毛髪量がだいぶ品薄状態で、人にお見せできるようなものではない。まあこんなもの、わざわざじっと見る価値などないから、意識するのは我ばかりなり……なのはわかっているのだが。

散髪のマナー

宮内悠介

散髪が好きだ。髪を切るってだけでとりあえずちょっと元気になる。なんなら生まれ変わったような気分になる。美容室を出たときに世界がちょっと変わって見える、あの感じがよいのだ。そんなわけで身なりは適当なほうなのに、髪はちょくちょくいじくってしまう。

きっかけは学生時代の沖縄行。夏の海を見て気の大きくなったぼくは現地の美容室に入り、伸びっぱなしの髪を染めて坊主に変えた。元は、自分の顔がそんなに好きではなくて前髪を伸ばしていた。そんな自分が、いい加減いやになったということだ。そう、自分の殻を壊す感じに近い。社会に物申したいとかそういうやつではない。変わりたいという気持ちを大事にしたいのだ。以降、気が向いたときに髪を染めたり髪型を変えたりしている。

思うに、ちゃんと自分に自信を持って地に足をつければ、あえてこんなことはやらなくなるのかもしれない。でも、変わりたいと思ってあれこれ試すのも、それはそれで潤いのような何かがあるし、ワンパターンに陥らないなんらかの向上にもつながるのではないかと思う。

そういえばこれまで書いた本は、そのことごとくが作風も文体も違っている。たぶんぼくは自分というやつが気に入らなくて、もっとすごい何かになりたくて、実際なれるかどうかは別にして、そのつど新しいことに挑戦したがるのだと思う。世間の評価はともかく、自分からすれば、自分というやつはたかが知れている。したがって別の自分にならなくてはならない。そういうことである。

地に足をつけたいと思うことはもちろんある。なんていうか、常識的に考えるならそのほうがいい。でもまあ、このどちらがよいかは向き不向きもありそうだ。どちらが力を発揮できるかという観点では、ぼくの場合、変わろうとしつづけるほうが力が出る。

しかし過ぎたるは及ばざるがごとし。会社員時代のあるとき、このままではいけないという気持ちが働き、髪を赤くした。そのうち戻せばいいと軽く考えていたら、すぐに客先業務が入った。そのへんでコスプレ用の安い黒髪のウィッグを買って客先へ出向いた。ところが作業が長引き、夕方になり、夜になり、徐々にウィッグがずれてばれた。これはしばらく語り草になった。ぼくに不足していたのは、明らかに、マナーであった。

このごろは近所によく行く美容室ができた。投資家でもある店長がそのつど新しい技術の話とかをするので楽しい。以前ツイッター(現・X)のつぶやきの所有権を売ったことがあるのだけど、それはこの店長の影響である。何か違うことをやってみたい、変わってみたい、というその気持ちはいまもある。もちろん不利益はある。メリットもある。とりあえず、毎回やることの違うぼくは、いまのところ、AIに真似されづらい。

香りのマナー

小川糸

小学校の同級生に、カオリちゃんという女の子がいた。ある日、担任の先生が、ふざけて、カオリちゃんをニオイちゃんと呼んでからかった。すると、カオリちゃんが大泣きしたのである。

今のご時世だと、これもすぐに問題になってしまうのかもしれない。けれど、わたしが子どもの頃は、教育に関して今よりもっとおおらかで、特に問題視されるような出来事ではなかった。先生もすぐにカオリちゃんに謝ったし、カオリちゃんもそれで深く傷ついていた様子はなかった。

ただ、わたしの胸にはとても印象に残った。今でも時々そのことを思い出すのである。

「香り」と「匂い」の印象がそこまで違う、ということに驚いたのだ。大雑把に分ければ、「香り」には好ましいイメージが、「匂い」にはやや不快なイメージが付随している。

わたし達は普段、この二つの単語を、その時その時の状況に応じて、微妙に使い分けている。けれど、どっちを使うべきか、とても悩ましい場面もある。特に、小説を書いていて、うーん、どっちが相応《ふさわ》しいのだろう、としばし考え込んでしまうことは少なくない。それくらい、「香り」と「匂い」は接近している。

更に、ニオイにもまた、「匂い」と「臭い」がある。「臭い」はクサイとも読めるから、「匂い」よりもっと不快なニュアンスを含んでいるのが「臭い」だ。「臭い」には、肯定的な感情は含まれていない気がする。できれば嗅ぎたくないという拒絶の気持ちが見え隠れする。

問題は、「香り」も「匂い」も「臭い」も、その人の個人的な感覚によって受け取り方が変わってくるということだ。いい例が、クサヤである。

わたしにとってクサヤは、ただただ臭い食べ物だ。正直、絶対に自分の口に入れたくない。ところが、クサヤ好きの人間から言わせると、クサヤはいい香りなのだという。信じがたいが、それほどまでに、人間の臭覚には幅がある。

わたしは、人工的な香りが得意ではない。以前、和食屋さんに入り、隣のカウンターに座った女性の香水がきつくて、鼻が曲がりそうになったことがある。その時は、少しも食事を楽しめなかった。

香料の強い柔軟剤も苦手だが、特に辛《つら》いのは、タクシーに乗った時の芳香剤である。おそらく、運転手さんは鼻の感覚が麻痺《まひ》してしまっているのだろう。ドアが開いた瞬間に、異次元に飛び込んだような気分になり、愕然《がくぜん》とする。

だからこそ、自分自身も知らず知らず誰かを不快にさせていないか、気をつけないといけない。基本的に香水はつけないが、最近、気分転換したい時に練香《ねりこう》をつけるようになった。手首の裏に広げ、日本に昔からある自然な香りを楽しむ。舌に乗せたかき氷のようにスッと姿を消す、その儚《はかな》さが気に入っている。

薄着のマナー

小川糸

還暦を少しばかり過ぎた、知り合いの男性から聞いた話である。その人は、とてもお洒落《しゃれ》で、普段は仕立てのよいスーツをビシッと着ているのだが、問題は薄着になる季節だという。

何が問題かというと、服の上から乳首が透けて見えるのが耐えられないというのだ。そんな馬鹿《ばか》な、だって水着の時は上半身裸で丸見えになるじゃないですか、と問いただすと、水着の時は問題ないのだという。理由は単純明快で、それはもう裸だから。問題は、服を着ているのに見えている状態、というのが、相手に不快感を与えるようで嫌なのだとか。

その防止策として、乳首の上から絆創膏《ばんそうこう》を貼って予防するのだという。わたしは目を丸くしてしまった。女性ならいざ知らず、男性である。そういうものなのか。

あまりに驚いてインターネットで調べたら、同じ悩みを抱える世の男性の、多いこと多いこと。まさか、と思って見てみると、メンズニップレスなるものまで売られている。これにはたまげた。

少し前から、男性の脱毛とかが目立つな、とは感じていた。わたし自身は、必要なところに必要な毛が生えるものだ、と理解しているから、そこまで気にしなくていいのに、と思っていた。

男性用の制汗剤やデオドラントなどの商品も目白押しだ。汗が出るのは生理現象として仕方のないことだし、その結果臭いが気になる、というのも致し方ないような気がする。それでも、世の中には気にする人が多いのだろう。なんだか、気の毒になる。

だが、ふと立ち止まって考えてしまった。男性だから、とか女性だから、とか性別で分けて考えている自分の発想そのものが、そもそも差別なのかもしれない、と。


性同一性障害の経済産業省職員が、女子トイレの使用をめぐって国に慰謝料と処遇改善を求めて裁判を起こした。問題を提起した意味は大きいと思う。

この裁判の経過に触れて、わたしはベルリンでのサウナを思い出した。ドイツでは、多くのサウナが、男女混合裸族なのである。ただ、それに抵抗を感じる女性も男性もいるから、わたしが行く近所のサウナでは、週に一回、レディースデーなるものが設けられていた。わたしも、レディースデーを選んでサウナに通っていたひとりである。

ある日、レディースデーなのに男性が店を訪ねてきた。男性は当然入れない。けれど、その人は、自分はトランスジェンダーだから今日サウナに一緒に入りたいという。店の人も、客として来ている女性たちも、それを当然のこととして受け入れた。

日本にも、こんな時代が来るんですかね?

good
sleepy
snooze

恥じらいのマナー

転びのマナー

青山七恵

道を歩いていると、時々よちよち歩きの小さな子がトテンと転んで泣き出すところに出くわす。でも、いい年をした大人が普通に歩いていて、普通に転ぶところにはめったに出くわさない。

何年か前の米国アカデミー賞で珍しい転倒場面があった。主演女優賞を受賞し、ディオールの素敵なドレスに身を包んだジェニファー・ローレンスが、ステージに向かう途中の階段でずるっとすっ転んだのだ。ステージ上からはプレゼンターの男性が、下からはヒュー・ジャックマンが手を差し伸べて彼女に駆け寄った。

ニュース映像でこの場面を見たときには、女優さんでも転ぶのか、と驚いただけだったけれど、それから時は過ぎてとある冬の日の午後、私は駅前のロータリーで転んだ。ドレスではなく、毛玉付きのよれよれセーターにジーンズという格好で、普通につまずいて普通に転んだ。

転んだんだ、と気づいた瞬間、強烈な恥ずかしさで頭にカッと血が上り、そのまま地面にめりこんで自分を消したくなった。おそるおそる顔を上げると、遠巻きに通行人のみなさんが心配そうに見ている。が、駆け寄ってくるヒュー・ジャックマンはいない。そそくさと立ち上がり、逃げるようにその場を後にした。

以来、ロータリーを通るたびに恥ずかしさが蘇《よみがえ》り体温が一、二度上がるような気がするのだけれど、よく考えたら、転ぶことがなぜそんなにも恥ずかしいのだろう。

いつも普通にやってることがたまたまその日できなかった、たとえば右目だけどうしてもコンタクトがはまらなかったり、げっぷがうまく飲み込めなかったり、生きていればそんなことは往々にしてある。転ぶのだって、何かの拍子でいつもの歩行形式からちょっとはみ出してしまっただけではないか。転倒は私がままならぬ身体を生きていることの証拠、かつ日常からの束《つか》の間の逸脱なのだ。

マナーというのは、どうふるまったらいいのか誰もわからない珍場面において、その場の気まずさを最小限に止めるための創意工夫でもあると思う。というわけで私は、思わぬ転倒の際にも平常心を保ち冷静にふるまえるよう、出先で足元がヒヤッとしたときは即、以下のイメージトレーニングを実践することにしている。

つまずく。地べたに突っ伏す。まずは流血や骨折の有無の確認。何事もなければ、涅槃《ねはん》仏のポーズなどしてそのまま少しくつろいでみてもいいし、日常からはみ出た場所から通行人の皆さんを眺めてみてもいい。そして完全に落ち着きを取り戻したら、何事もなかったかのようにさっと立ち上がり、これぞ自然だと肩で風を切って歩き出す！

この脳内訓練の成果が実際にはどう出るか、街中でちょっとした段差を見るたびドキドキする。

買い食いのマナー

青山七恵

小中学生の頃、学校帰りにお菓子やジュースを買ってその場で飲み食いすること、いわゆる買い食いは禁止されていた。
コンビニのレジ横で売られているおいしそうなアメリカンドッグがもう何年も気になっているのに、四半世紀前に課されたこの買い食い禁止ルールが頭をよぎっていまだに手が出せない。家に持ち帰って食べればいいじゃないかとも思うものの、ケースのなかのホカホカのアメリカンドッグを食べたいのは五分後でも十分後でもなくいま、いまこのときなのだ。松島に行ったとき、香ばしい網焼きホタテの串を片手にぶらぶら歩くのは楽しかった。道頓堀の屋台であつあつのたこ焼きをほおばるのも楽しかった。でも、東京のコンビニの出入り口付近でアメリカンドッグにかぶりつくのはどうも恥ずかしい。

私は新聞の投書コーナーが大好きなのだけれど、数年前に、若い女性がせわしくものを食べながら外を歩くのはみっともない、食事の時間も取れないほど忙しいのか、と嘆くご年配の方からの投書があった。これを読んでまっさきに思い浮かんだのは、グミ菓子を口に放り込みながら家路を急ぐ会社員時代の自分の姿だった。

残業が長引いて遅く帰る夜、お腹《なか》はぺこぺこでも一分でも長く睡眠時間を確保したくて、飲食店には寄らず最寄り駅のコンビニでグミを一袋買い、食べながら帰った。ただ、泣きたくなるくらいの空腹であっても買い食い、歩き食いへの後ろめたさのようなものは残っていて、グミを一つ口に入れては袋をバッグに隠し、一つ口に入れては袋を隠し……と、往生際悪くこそこそ食べた。あのときはグミが私の命綱だった。絶えず甘いぐにゃぐにゃの塊を口に放り込んでいないと、家まで辿り着くための気力が持たなかったのだ。

それから、三十代初めにタップダンスを習っていた頃、教室に向かう道で見かけたダンスメイトに声をかけたら、振り返った彼女の手に食べかけの肉まんが握られていたことがある。普段から物腰柔らかな彼女は、お行儀悪くてごめんね、でも仕事が長引いてレッスンまでご飯の時間がなくて……と顔を赤くして謝った。そこにコンビニがあったら私はすぐさま駆け込んで肉まんを手に戻り、彼女と並んで歩いただろう。

大人の買い食い、歩き食いはみっともない。みっともないと思いつつ、時にはお行儀よりも優先したいこと（それは寝る時間だったり、踊る時間だったりする）があるから、私たちは隠したり謝ったりしながらも食べることと歩くことをいっぺんにやる。四十年あまり生きてきた実感として、人生は短い、と言われている以上に短い。自分に残された時間を思えば、アメリカンドッグを片手に市中を闊歩《かっぽ》する日もそれほど遠くはなさそうだ。

下手なギターと楽器屋のマナー

戌井昭人

子供のころ、親に勧められクラシックギターを習っていた。親としては、将来はギタリストになって欲しいという願いがあったようだが、叶《かな》わなかった。私は練習に身が入らず、まったく上達はしなかった。発表会に出たこともあるが、本番で間違え、もう一度、最初から弾き直すという失態をやらかした。

だが巡り巡って、いまはギターを弾くのは大好きだ。上手ではないが、爪弾いていると、なんとも気分が良くなる。

これまでにギターを何本か購入してきたが、現在手元に残っているのは、子供のころから使っている三十年以上も前のものだ。もちろんクラシックギターだけではなく、フォークギターやエレキギターも手にしてきたし、ご多分に漏れずバンドを組んでライブをやったこともある。だがギターを弾いていたら興奮して、本体に頭を打ち、ネックが折れてしまったという、情けない思い出もある。

ギタリストのエディ・ヴァン・ヘイレンが亡くなったときに思い出したのだが、中学生のころ、ヴァン・ヘイレンを好きな友達がいて、私が子供のころからギターを習っているということで、彼の家にギターを担いで行き、楽譜を見せられ、ヴァン・ヘイレンを弾こうとしたら、まったく弾けなかったという、これまた恥ずかしい過去がある。

このような経験から、ヴァン・ヘイレンのような速弾きや超絶技巧のギターに興味を持てなくなり、ブルースギターなどに憧れるが、こちらも奥が深く、やればやるほど手に負えないということに気づくのだった。

とにかく、いつまで経っても上達しないギターであるが、街に楽器屋さんがあると、ついつい立ち寄ってしまう。

楽器屋では、試し弾きというものができる。エレキギターだとアンプにシールドを突っ込んで大きな音を出せるのだが、私は、これが苦手だ。

試し弾きでは、これみよがしに速弾きをして、ここぞとばかりに自分の技術を見せつけている人がいるが、私は、そのように弾けないので、見ていると気が重くなる。

以前、エレキギターを購入しようと思い、自分も試し弾きをさせてもらったことがあるが、「下手くそなのに、試し弾きなんてしちゃってよ」と思えてきて、恥ずかしくて、汗がダラダラ垂れてきた。店員さんは、その汗を見て心配そうな顔をしていて、さらに汗が噴き出し、たいして弾くこともせず、「これください！」と言ってしまった。

ですから楽器屋で私のように、ぎこちなく試し弾きをしている人がいたら、見て見ぬふりをするのがマナーです。しかし「下手くそだ」と思われながら、見て見ぬふりをされていると考えると、また汗が噴き出してしまいそうだ。

居眠りのマナー

戌井昭人

居眠りは、自分の意思で眠ろうとして寝床に入って眠るのではない。眠気に負けて、寝床ではない場所で寝てしまっている状態だ。

最悪なのは、もちろん居眠り運転だ。これはマナー違反というより事故につながるので、眠気を感じたら直ちに休まなくてはならない。国会中に居眠りをしている議員がいる。これも最悪だ。なんのために選挙をしたのかわからなくなる。だが国会でも居眠りをしてしまうほど、人間は眠気に抗《あらが》えない生き物でもある。

一方、個人で完結し、誰にも迷惑をかけない居眠りは気持ちが良い。本を読みながらウトウトして眠ってしまうのは最上の居眠りだ。本当は続きを読みたいが、眠気が増して限界に達する。運が良いと、本の内容に影響された夢を見られる。だが恐い本を読んでいると、悪夢を見たりもする。

居眠りをしている間は、誰にも邪魔されたくないが、気づいたら自分が邪魔をしていた場合がある。サウナの休憩室で居眠りをしていたら、蹴り起こされたことがある。最初は何が起きたかわからなかったが、喉がいがらっぽくて、イビキがうるさくて起こされたのだとわかった。私も、他人のイビキで眠れなかったことがあるから気持ちはわかるが、肩を叩《たた》くくらいにして、なにも蹴らなくてもいいのではないかと思った。

新幹線の中で居眠りをしようとしたら、仔犬《こいぬ》が「キャンキャン」と甲高く吠《ほ》え続け、東京から名古屋までまったく眠れなかったことがある。飼い主は我が物顔で「犬だから仕方がないだろう」といった感じだった。もちろん犬に罪はないが「すいません」の一言ぐらいあっても良いと思った。それにしても新幹線で居眠りをするのはどうしてあんなに気持ちが良いのだろう。新幹線に乗ると、移動時間を使い、パソコンを開いて仕事をしようといつも考えるが、私の場合、仕事ができたためしがない。気づけば、いつも寝ている。

学生の頃は、授業中に居眠りをすると、大剣幕で怒る先生がいた。そこで、わたしは授業中に眠くなると、鉛筆を指の間に挟んでテープで貼り付けた。そうすると、下を向き、頭をゆらして舟を漕《こ》いでいても、必死にノートをとっているように見えると考えたのだ。最初のうちは成功しているように思えたが、最後は、机に突っ伏して、結局はバレて、何度も怒られた。

ダンスの講師をしていた知人は、その日、自分があまりにも眠かったので、「いまから皆で三十分くらい寝て、起きたら、寝ていたときに感じたことを踊りにしよう」という授業をしたらしい。その離れ業に感心してしまった。

居眠りは時と場所をわきまえれば人間にとって最上の安らぎになる。

いびきのマナー

松家仁之

いかんともしがたくマナーが消滅してしまう場面がある。睡眠の時間である。いったん寝入ってしまったら、寝相もいびきも歯ぎしりも、自分の意識ではコントロールできない。

大学の夏休み、南アルプスの高原でのサークル合宿に参加した。男子は全員、和室の大部屋にふとんを並べて眠った。皆が寝静まった頃、ふだんは穏やかな口調で話す温厚な部員が、隣のふとんで藪《やぶ》から棒に怒鳴《どな》り始めた。胴間声、といえばいいのか。あのやさしい声の持ち主のどこをどう押せばこんな声が？　という野太い声。内容に脈絡はないのに威圧感だけがすごい。悪魔にでも取り憑かれたような声にすっかり目が覚めてしまい、まんじりともしないまま夜明けを迎えた。

会社員時代、旅先で同室になった同僚がガリガリゴリゴリと骨に響く歯ぎしりを始めたのにも驚かされた。人間の出す音というより機械音に近い。翌朝、同僚は「歯ぎしりしてたろ？　こんな感じで」と言いながらそれを再現した。寸分たがわぬ音色だった。自分の歯ぎしりを録音し、再現する練習でもしたものか。「すごいですね」と言うしかなかった。

かくいう私もいびきをかく。疲れているときはかなりひどい（らしい）。睡眠時無呼吸症候群の検査を受けたこともある。私のいびきの主たる原因は、顎が小さく、顎から喉に至るカーブが短いため、睡眠中に舌が喉奥に落ちやすく、狭くなった気道周辺が呼吸で振動する、ということらしい。

対策はいろいろ試みた。

横向きに寝る。口が開かないようテープを貼る。顎を固定するサポーターをつける。喉スプレーをする。舌が喉奥に落ちないマウスピースをはめてみる。こうなったらと「全部盛り」でやってみたら、鏡には、大怪我《けが》に適当な手当をされたかのような顔が映っていた。

決定打が見つからないなか、睡眠時のいびきを測定するスマートフォンのアプリを教えられた。睡眠中のいびきを録音し、強弱を四段階に分類、棒グラフ化して、トータルスコアを出す。

利用を開始して毎日データをとっていると、当たり前だがスコアは毎日変わる。なんらかの条件の相違が、いびきの強弱に影響を与えるらしく、疲れた日はやはりひどい。

枕の高低の差を調整し、ストレッチで猫背気味の姿勢を変えてゆくうち、いびきのスコアが下がり始めた。一年を通じての傾向は、冬にスコアが上がり、夏にスコアが下がる。気温や湿度あるいは掛け布団の重さも関係あるのか。原因不明のまま、一年前に比べて十分の一のスコアになった。

人が夢を見ている脳をＭＲＩ（磁気共鳴画像装置）で解析し、夢の画像を再現する研究も進んでいるらしい。いびきの解明と消滅は誰も困らないだろうが、解析されて困る夢もあるのではないか……と思っていた昨夜、自分の叫び声で目が覚めた。やれやれ。じつに嫌な夢だった。

季節を感じるマナー

時の川をわたるマナー

恩田侑布子

ねぼすけがふとんのなかで目をこすっていると、やにわに裏山からやわらかな声。「ぴちゅ、ぴちゅ、ち、ちち。ちゅぴちゅぴっ、きょっ、きょきょきょきょっー」そんなばかな。まだ夢のなかなのかしら。梅の花の奥で、この子ったら、いきなり谷渡りするの。静岡弁でいう「みるい」声だ。みずみずしくおさなげ。声量もかぼそい。でも「ほー、ほけきょ」の初音《はつね》じゃない。突然、初夏の山の谷渡りのリズムが降ってきたのだ。

そういえば昨日のひるま、「ケッキョ」。にわかな一声に、ほうっ。「練習してます」といわんばかりのつっかえ方。「あと一息よ。のどをふくらませて、がんばれ、ハ行」。でも、それっきり、ケともいわなかったのに。

そわそわと下駄《げた》を履いて背戸にまわる。ちょっと前は硬かった土が、もうぐちゅぐちゅの踏み心地だ。若草の下萌《も》えに犬ふぐりは糸のような首をかしげてまだ眠っている。山から日が上るまで青い星はひらかない。孟宗竹《もうそうちく》の藪山《やぶやま》からチャッ、チャッ。足の裏がむずがゆくなるような笹《ささ》鳴きが聞こえた。あ、いつもの子もいる。ホッとした。

鶯《うぐいす》は春告鳥《はるつげどり》ともいわれる。その初鳴きは初音と呼ばれ、時鳥《ほととぎす》の初声《はつこえ》とともに賞美されて来た。歳時記では鶯といえば春、老鶯《ろうおう》は夏の季語。俳句の講座生に訊かれた。

「鶯は鳴き出してからたったの三ヶ月で年寄りになるんですか」

「老には敬《うやま》いの意味もあって、豊かな声に闌《た》けることをいうのですよ」

老鶯には乱鶯や狂鶯の別称もある。山々が新緑から茂《しげり》に向かうころ、雄は谷渡りをする。繁殖期の警戒音というが、爛熟《らんじゅく》の声は初夏の燃える命そのもの。息継ぎを忘れ果てたような長鳴きに心臓が破れないか心配になる。玉をころがすかの春の喉と甲乙つけがたい美声だ。立秋をさかいに鶯は音《ね》を入《い》る。昨日まではまるで人が変わってしまう。わびた地鳴きに身をやつして春を待つのである。


人は一人で生まれ一人で死ぬという。ほんとかしら。生も死もだれかに支えられているのでは。その昔、わたしは分娩《ぶんべん》室前の相部屋で、陣痛に三日三晩ギャースカ呻《うめ》いていた。助産師さんはまだだという。自然分娩にあこがれ、陣痛促進剤を断っておきながら、耐え難かった。と、隣の空きベッドに百恵ちゃんに似た産婦さんがそろりと歩いて入ってきた。カーテン越しに二三度低くため息をついたかと思うや、看護師さんが慌てふためく。あっという間に分娩室へ。たちまち高らかな産声が響いた。わたしは、といえば依然として脂汗に獣のようにのたうっている。心底あっぱれと思った。

生まれ方にすら百態がある。わたしたちは一人一人、怪しいほど固有の時間を、別々のはんこを虚空に捺《お》すように生きているのではないか。陽春をすっとばした鶯はそれを告げに来たのかもしれない。

間合いのマナー

恩田侑布子

風がまんじりともしない。裏山で蟬《せみ》が鳴き出した。みんみん蟬だ。いままでわたしは、しののめと夕ぐれに谷をひたすうすい金箔《きんぱく》のようななかなの声を、山住まいのたまものと思って暮らして来た。それが近頃は、みんみんをしみじみと聞くようになった。

炎天が衰えはじめると仕事の集中力もとぎれ、水を打ちに勝手口へまわる。外の蛇口をひねる。汲《く》み上げ式の井戸水が銀色の花のようにおどり出る。机の前の庭土はみるみる黒くうるおう。脇の棚から宙にさまよい出たゴーヤの蔓《つる》の先まで、ほっと一息つくようだ。

みーん、みんみん、みんみんみー。夏のふかみを刻むようにみんみんは独唱する。はらわたを絞るような声音は、毛穴の一つ一つにまで沁《し》み入ってくる。山寺の梵鐘《ぼんしょう》の最後の一撞《ひとつ》きのように。余韻のゆくえは辿れない。

みーー。余白にまぼろしの筆が山水画の景を描き出す。巌頭《がんとう》に、風雪をしのぐ枯勁《こけい》な松がかたむいている。松が枝《え》の墨のかすれ消えた空白へと、わたしは放り出される。

はっ、と目をしばたたくと、椎《しい》やくぬぎや竹や、狂おしいまでの茂りの中だ。裏山からむうっと押し寄せる緑の波。

虫といえば、厠《かわや》の窓に今年は見慣れない蛍《ほたる》が来た。梅雨時のこと、眼の前がぱっと明るむ。家中の電気を消してまわった。背戸庭に、黄緑の火の粒がポチポチはしる。家族がつかまえた。

「ほい」

「ヘンよ。小豆みたいに小さい。ピカピカして気ぜわしいわ」

図鑑を引いた。ヒメボタル、とある。

よく蛍狩りにゆく廃村の谷間の闇が浮かんだ。そこでは大粒の源氏蛍が崩れかけた軒をかすめ、そばだつ山の稜線《りょうせん》へかけ上ってゆく。谷空にひしめく星々の一粒になろうとして。渓流の梢《こずえ》の葉に、すうっと止まるものもある。淡い山繭《やままゆ》色のひかりをみつめる。消えた。火がよみがえるまで、闇の底でじいっと息をこらす。相手を求めて水辺に舞う青白い火は、どこで途切れるか予測がつかない。

生まれて初めて手にした姫蛍は教えてくれた。小刻みで機械的な点滅はあじけない。蛍狩の興趣は明滅のふかくしずかな呼吸にあったのだ。

十年近い前、漢代の出土品展でいとも涼しげな一匹の蟬に出逢《であ》った。本展の目玉という貴族の屍《かばね》を覆う金縷玉衣《きんるぎょくい》よりずっと心が惹《ひ》かれた。それは中国人の愛するとろりと潤う翡翠《ひすい》に刻んだ「玉蟬《ぎょくせん》」であった。死者の口に含ませてやり、仙界での再生を待つという。古代人は霊魂の永生を、地底から這《は》い出して羽化し、炎天に露を飲む廉潔な蟬に託したのである。玉蟬とゆく永遠の旅はひいやりとして、さぞ気持ちよかろう。ゆたかな死後は、ゆたかな生の想像力のなかにある。

みんみん蟬の語尾は、間合いなのか、畢《おわ》りなのか、余白に投げ出されてわからない。死ねばすべておしまいと思うのは、あまりにも個体にとらわれた現代人の病なのかもしれない。

お盆のマナー

松家仁之

独り暮らしの二十代後半、実家の母から電話がかかってくるのは春、夏、秋の三回だけだった。夏の電話は「今度のお盆の迎え火だけどね」。

母は法事のマネージャーだった。春と秋はお彼岸の日程調整。お彼岸の当日はお供え花を用意し、お寺の控えの間では小銭を和紙に包んでひねり、参列者の焼香銭を用意する。親族にお茶をまわす。

お盆の迎え火、送り火の準備もいろいろある。キュウリとナスに割り箸を刺し、先祖の乗り物になる馬と牛をつくる。火を焚《た》くためのおがら（乾燥させた麻の茎）や、水をはった切子ガラスのボウルにミソハギの束も用意する（これは消火用）。みなが蚊にさされないよう蚊取り線香も焚く。

おがらに火をつけるのは父だ。火を焚く前に玄関をあけ、門扉も左右にひらき、道路に面したところにおがらを折って積む。火をつけ、焚きあがるのを囲み、みな黙って火を見ている。子どもの頃は兄とふたりで提灯《ちょうちん》を持ち、五十メートルくらい離れた四辻《よつつじ》まで歩いていった。ご先祖さまが迷わないようご案内する役である。

火が消えると、ひとりひとり燃え殻をまたいで家に入り、仏壇に手を合わせ、焼香をする。燃え殻をまたぐ風習は全国的ではないらしい。東京出身の同世代なら「うちは火が燃えているあいだにまたいでたよ」という人もいるが、えー？　そんなの知らないな、という人も多い。

六〇年代は近所のそこかしこで火が焚かれていた。七〇年代以降、だんだん見かけなくなり、九〇年代に入るとほぼ壊滅状態。夏の夕方、小さな火を焚いて囲んでいる我々を驚いたような目で見て通り過ぎる人が増えた。細い通りをふさぐようにしているから、横を通る自転車などに「あいすみません」と頭をさげる役も、母は引き受けていた。

二十一世紀になると、ともに火を囲んでいた伯母たちも老人ホームに入所したり鬼籍に入ったりした。主宰者の父も死んだ。母は父の葬儀の際、「わたしは戒名、いらないんです」と住職に言い、不興を買っていた。なんとなく意外に思ったが、そうかと納得する部分もあった。どうやら母は、父の死後、法事のマネージャー役を降りたらしい。以後、ぱったりとお彼岸の予定を聞くことも、迎え火をすることも、なくなった。

なんだそうだったのか。長男の嫁としての役割を果たしていたものの、父がいなくなり、重しが取れたのだ。代わりに法事マネージャーの後を継ぐ気配のない息子＝私は、長い間その役割に縛られていた母をねぎらう気持ちになるばかりだ。

日本のお墓とは「何々家」の墓である。つまり長男が家を嗣《つ》ぐ時代のスタイルだ。実際、伯母たちは永代供養の墓を探して用意していた。迎え火送り火も、家に仏壇があっての行事だろう。男系男子継承問題は、庶民のお盆の存続にも、そのままつながっている。

納涼のマナー

青山七恵

出身は熊谷です。夏になると暑くなる、あの熊谷です。

出身地を聞かれて、熊谷の話をするとちょっと場が和む。かんかん照りが続く夏場はとくに。実家を離れて二十年以上経つけれど、いまだに夕方のお天気ニュースで熊谷の最高気温をチェックしてしまう。熊谷の観測史上最高気温は二〇一八年七月二十三日の41・1度で、これは日本の観測史上最高気温でもある（でもこの記録は、二〇二〇年に静岡の浜松に並ばれてしまった）。

熊谷出身とはいえ、夏にはめったに帰省しないので、いまの熊谷の夏の暑さというものがどういうものかはよくわからない。

昔の話をすれば、中学生だったころの夏、39・9度をマークした日があった。このときは、あと0・1度上がったら40度でキリがいいのに、惜しい！と思った記憶がある。当時私の実家には、まだ冷房がなかった。夏のあいだは常に家じゅうの窓を全開にして、風が通るように玄関も開けっぱなし、夜は少しでも涼をとるため照明を消してテレビの明かりだけで過ごしたこともある。実家は利根川のすぐ近くだったから、東の窓からは涼しい風が入ってきて、心地よかった。子ども心に、この、暗くして涼む、というアイディアはちょっとイキだと思っていた。

そういう環境で育ったので、冷房がなくてもまあまあやっていける、というおかしな自信があって、東京で就職したときに借りたアパートは空調なしの部屋だった。ところが社会人一年目の夏、昼食をとろうと外に出たところ、ビル街独特の四方八方からドスンと体当たりされるような荒々しい熱気に接して目が覚めた。都会の暑さをナメていた。翌年の夏もなんとかこらえたあと、三回目の夏を迎える前に、空調付きのマンションに引っ越した。

もともと汗っかきな体質のところ、東京に来て冷房に慣れてしまったせいか、暑さが年々、苦手になっていく。ちょっとでも汗をかくと「暑い」と口に出さずにはいられないので、一緒に出かける友人には「暑い暑い言っても涼しくならないんだよっ!」と怒られる。いやでも、「暑い」と口に出さないと、熱がいっそう内にこもって歯まで溶けていきそうな気がするのだ。

日中の外出時には、頭上に日傘、涼感スカーフを巻いた首にハンディ扇風機をぶらさげ、凍らせたスポーツドリンクのパウチを握ってなんとか熱を追い払おうとするけれど、このがむしゃらな格好がなんだかますます暑苦しい。身軽になんの屈託もなく汗をかいていたあのころのほうが、やはり遥《はる》かにイキだ。

子ども時代の夏を思い出すと、テレビの青っぽい光を帯びた川風がすうっと頭を吹き抜ける。今年は節電が呼びかけられているし、今晩、部屋の明かりを一つ、消してみてもいいかもしれない。

神さまとふれあうマナー

恩田侑布子

茶の花が咲く脇に瀟洒《しょうしゃ》な石段がある。清沢神楽《きよさわかぐら》が三十二年ぶりに夜通し舞われる家の入り口である。上がると、古民家の前面に注連《しめ》縄が張ってある。庭隅には大釜が据えられ、四囲の青竹を結んで紙垂《しで》が冬日をはじいている。水を満たした釜の奥から、檜《ひのき》の薪《たきぎ》がしいんと匂った。静岡駅から車で一時間。安倍川の支流の藁科《わらしな》川の奥、黒俣字《くろまたあざ》峰山。田舎家の田の字の十畳間で神楽が舞われる。

「ここも座れますよ」

何と笛方の隣に招かれた。胴の幅ほどもある長押《なげし》の上にはご先祖様の遺影がずらり。いっしょに神楽を楽しまれる。二重梁《にじゅうばり》の天井は目もあやな切り紙に荘厳され、二十四の演目を一晩中絵巻のように奉納する。太鼓が鳴り、笛の音が響く。烏帽子《えぼし》に五色の狩衣《かりぎぬ》の神々がゆるやかに白足袋を反らす。外厠《かわや》までぬめぬめする闇に足を突き刺して歩く。おおっ。粒粒《りゅうりゅう》とはちきれんばかりの冬銀河だ。こんなに巨大な北斗七星を見ることは後にも先にもないと思った。

清沢神楽保存会会長の北澤勝磨《かつま》さんは小学六年で同級生に「僕は清沢神楽を継ぐ」と宣言したそうな。枝打ちされた檜のように凛《りん》とした眼《め》、芯の定まった姿は、何を舞われても清《すが》やか。

山水のごとき劔《つるぎ》や夜の神楽　　侑布子

俵を背負った大助《おおすけ》という翁《おきな》の来訪神がお土産を順に分けてくださる。最初の人は牛蒡《ごぼう》、次の人は自《じ》然薯《ねんじょ》。わたしの番になった。

「あなたは何がほしいのだろうなあ」。やさしく問いかけられ、思わず本音が出た。

「しょっぱいもの」

大助が取り出したのは硬くて長いフランスパンだった。星だけがかがやく深山は、神や仏や人や草木がつややかに出会い交わるところであった。

神楽は日本中のいたる所に伝わってきたが、いまや衰滅の危機にある。今日も市が若手募集のバスを出した。わたしも静大生二人を誘った。若さは可能性。五十年後、古希になった彼らが、二〇一九年を振り返るよすがとしてほしい。ビッグデータでは掬《すく》い取れない文化がここにはあるから。

「庭で焼いてる猪《いのしし》、僕もう食べましたよ」

駿一君たら、ちゃっかり。悠馬君とわたしも駆けつけた。

「罠《わな》にかかった牡《おす》だよ。柵の外から槍《やり》で突くんだ」

「一度で死ぬの？」

「鼻の骨が砕けてもぶつかって暴れ回る。戦国時代だ」

炭で炙《あぶ》った熱々を頬張る。じゅわーっと旨味《うまみ》のパンチが来た。深山幽谷のいのちの凝縮。この甘味。この弾力。いつまでも口の中で猪と戯れていたい。

折口信夫《おりくちしのぶ》は「国文学の発生」で、稀《まれ》に来る客、まれびとを神といった。神もとどまらない。わたしたちと共にさすらう。猪もまた。八百万《やおよろず》の神とは、ふれあい去りゆく森羅万象かもしれない。

年賀状のマナー

青山七恵

今年もまた、年賀状作りの季節がやってきた。

十二月下旬、原稿の〆《しめ》切りや大学の授業が終わり、ほっとひと息つきかけたところで作業は始まる。まずは近所の郵便局でお年玉付きの年賀はがきを三十枚、続いて都心の品揃えのよい文房具屋でスタンプ台を買う。何十色もの色が並ぶ売り場で、来年はこういう色の年にしたいと感じる色（爽やかにいきたい年はセージグリーンであったり、どっしり落ち着いていきたい年は土色であったり）を直観でパッと選ぶ。

帰宅したら、彫刻刀を使って消しゴムで干支《えと》のはんこ作り。年賀状の下の真ん中に完成したはんこを押し、両側に梅柄のはんこを一つずつ、はがきの上側にも並べて三つ押す。その後中央のスペースに筆ペンで「あけましておめでとうございます　本年も宜《よろ》しくお願いいたします」と念を込めて書く。一晩置いてインクを完全に乾かしたら、今度は裏返して宛名書き。これも一枚一枚手書きでやる。輪ゴムで結わえてポストに投函《とうかん》すると、ようやく一年が終わったという感慨が湧き、ポストの前で頭を垂れて手を合わせたくなる。

こういう年賀状作りの作業は、達成感はあるけれどもものすごく楽しいというわけではない。正直、ちょっと面倒くさい。手間を減らすために絵付きの年賀はがきを使ってもいいし、宛名もパソコンで出力するという方法もある。でも、一連の作業にはどこか儀式めいたところがあって、この決まったやりかたからなかなか逃れられない。

手間ひまはかかるけれど、「あけましておめでとうございます　本年も宜しくお願いいたします」以外にはなんのメッセージもない年賀状なので、「なんかそっけなくない?」と言われることもある。確かに自分から見ても、この余白の多い年賀状はなんかそっけない。でもこの「あけましてー」は、腹の底から大声で叫んでいるイメージの、本気の「あけましてー」ではあるのだ。汲み取ってくれるひとは汲み取ってくれるだろうと開き直りつつ、年々この余白のプレッシャーに負けて、ちょこっと余計なひとことを書き込んでしまうことも多くなった。

年賀状作りにはご褒美がある。それは、年が明けたら書いたぶんと同じくらいの年賀状がうちにも届くということ。写真入りの趣向を凝らした年賀状も、シンプルな文面だけの年賀状も、みな嬉しい。お年玉の当選番号が発表される日は、忘れずにチェックして、最後まで目一杯《めいっぱい》楽しむ。切手シートが一枚でも当たっていたら、おみくじを引くまでもなくその年は安泰。今年は二枚もシートが当たり、そのおかげか一年無病息災でいられた。でも本当は、暖かい部屋で年賀状を机に並べ、当たった外れたで一喜一憂できるこの平和さこそが、いちばんありがたいのだ。

雑煮のマナー

宮内悠介

年中行事に疎い。

鏡餅は鏡開きのあとも常にそこに置かれ、節分はやったりやらなかったり。花見にはほとんど行かず、七夕はスルーする。盆はただの夏休みで、大掃除もやらない。

面倒だからやらないというよりは、気がついたらその時期を過ぎていると言うほうが正しい。行事に意味がないとは思わないし、子供のころ、七夕の飾りを作ったりするのは楽しかった。祖先の霊を迎えようといった気持ちは、持っているに越したことはないとも思う。

ただ、特定の一日に意味があるというふうに考えられないのだ。日付は日付でしかないというか、別に春に七夕の短冊を下げて秋に節分の豆をまいてもいっこうにかまわないようにも思う。なんていうか、思う気持ちのほうが大切なのだからそれでいい。

もしかするとぼくは一日のルーチンみたいなものを守りたい気持ちがあって、そこから外れる年中行事の類いを無意識に拒絶しているのかもしれない。だから季節感覚みたいなものがまるでない。このごろ暑いなと思ったらそれが夏で、このごろ寒いなと思ったらそれが冬だ。冬物の衣類を出すのはもちろん遅れるし、夏になってもコートがかかっていたりする。ぼくはこの件についてとやかく言われたくはない。

スーパーに節分の豆が売られていると、そうかと気がついて買ったりもする。でも、もし秋とかにそれが売られていても、ぼくはそうかと思ってそれを買うに違いない。ついでに人の誕生日を覚えられない。もちろん自分の誕生日もまっさきに忘れる。ツイッター（現・X）の画面に風船が飛んでいるのを見てそうかと気がつく。

そんなぼくがほとんど唯一やるのが、正月の雑煮作りであったりする。なんといっても、正月は間違えようがないし、気がついたら訪れているということがない。それに正月にも何もしないというのは、さすがに気が引けるというか、何かが締まらない気がする。

お節はやらない。雑煮だけである。お節は、母が毎年面倒そうに用意しているのを見ていたので、作りたいとも誰かに作らせたいとも思わない。雑煮も簡単なやつだ。ぼくの価値観において、誰かが面倒な思いをしないということは、すべてに優先される。

まず鶏もも肉の細かいのを焼く。水一リットルと酒半カップを入れて弱火で煮る。アクを取って醬油三分の一カップを入れる。塩。椀《わん》に取り分けて餅を入れ、三つ葉とゆずの皮を添える。これで、最低限のミニマルな雑煮のできあがり。あとはコンロに放置して、正月のあいだ誰でも食べられるようにする。

思うにこれは、麻雀《マージャン》でサイコロを振る際に念をこめるのに近い。仕事が勝負みたいなものだから、節目の年始には念をこめる。そういうことではないかと思う。

かわいい子には旅とマナー

迷子のマナー

宮内悠介

道に迷うのが好きだ。迷って、思いもかけない裏道の景色を見つけたりすると、焦っているはずなのにわくわくしてくる。それが海外とかであればもっといい。どこかへ行こうとして知らず知らず迷いこんだ、観光客などまるで来ないような商店街とかに惹かれる。あとから振り返ると、本来の目的地よりもそちらのほうを憶《おぼ》えていたりする。

普段は何事も起こらぬよう細かに計画を立てる。予定が狂うことを必要以上に恐れる。そういう性格なので発見が少ない。それで、道に迷って見つけた何気ない風景が好きなのだと思う。

旅行の際などは積極的に道に迷う。知らない市場や蚤《のみ》市や商店街で、さてここはどこだろうと見回したい。とはいえ、いまは当たり前に地図アプリとGPSがある。もはや迷いたくても迷うほうが難しい。別にアプリを使わなくてもいいのだけれど、その結果迷ったとして、それは迷ったと言えるのか。迷うことのよさは、もっとこう、不可抗力のなかにあるのではないか。

では、携帯のつながらない場所などはどうか。しかし地図アプリには、あらかじめ指定の区域をダウンロードする機能があったりする。GPSさえ動けば、地図上のどこにいるかわかるわけだ。

というわけで、旅先では別の遊びをする。まず、地図を見てそれを憶える。スマートフォンは宿に置く。しかるのち、記憶を頼りに歩きはじめる。迷わなければ勝ち。もちろんちゃんと勝ちに行く。

ちゃんと勝ちに行ってこそ、ちゃんと迷えるからだ。

アラビア半島の南、イエメンからアフリカに渡る船を探したことがある。モカという港に行けば見つかることはわかっている。でも、ぼくはアデン港からの船を見つけたかった。理由は、詩人のアルチュール・ランボーがその航路を取っただろうから。

商船のための港なのでたぶん難しい。でも、隙間に旅行者一人を乗せてくれるような、そういう船はないものか。このときはおおいに迷った。どこの商船をあたっても、乗れそうな乗れなそうな、気を持たせる返事とともに、あちらへ行け、こちらへ行け、とたらい回しにされる。結局は見つからず、別の港を目指すことにした。そのかわり、途中から通訳になってくれた人と話すことができた。ソマリアからの難民だった。

いま、イエメンは長い内戦から行けない国となってしまった。そうでなくとも、迷わない限り、ぼくがあの人と出会うことはなかっただろう。

現代人は目的地を設定しすぎだと聞いたことがある。そうでなく、目的地なしに歩くなかに発見があるはずだと。求めているものはたぶんこれと近い。でも現代人のぼくは、やはり目的地なしに歩くことが難しい。そういう人は多いのではないかと思う。それでも、道に迷いさえすればなんらかの発見はあるということだ。

カジノのマナー

宮内悠介

はじめて行った社員旅行なるものがラスベガスだった。都内にあるソフトウェア企業で、旅行のたび、カジノのある場所を選ぶということだった。帰属意識の薄いぼくが、それでも懐かしく思い出す、恩を感じている会社でもある。というのも、海外をぶらついて帰ってきて、髪は伸び放題で履歴書は空白、そんな風来坊を一発採用してくれたのだ。野良犬はそういうことを忘れない。いまもときおり夢に見る。夢の中、その会社はだいぶ違った姿をしている。

さて、ラスベガスと聞いてぼくは心躍らせた。聞いた話だけでも、カジノホテル内にヴェネツィア風の街並みが再現されているとか、建物自体が巨大なピラミッドになっているとか、それらすべてが砂漠のまんなかにあるとか、いろいろとぶっ飛んでいる。すごい。なんていうか、あの国は人工物独特の魅力のようなものを作り出すのがとてもうまい。社長からは、クラップスというゲームで通訳をやってほしいと頼まれた。いつも客たちが盛り上がっているので、興味があるとのことだった。

ぼくはぼくで、ラスベガスでしかできなそうなことを考えた。出した答えは現地の客同士のポーカーだった。いま思うと絶対ほかにもたくさんあるけれど、当時のぼくは完璧な回答だと考えた。問題は先立つものであった。つまり、いわゆるタネ銭。資金が尽きるまで海外を歩き回ったあとのことである。金がなくなったからその会社で働きはじめたわけで、自慢ではないが貯金などない。そこで出発までの期間、節約して何万円かを用意した。それがすべてだった。でも、少し楽しむにはそれくらいで充分だ。

結果、いくつかのゲームで勝ち、肝心のポーカーで負けた。おやと思ったのは、客たちの雰囲気だった。総じて、落ち着きが感じられた。その様子から、皆、血眼になって勝とうとするのではなく、最初から楽しく負けるためにそこに来ているのだとわかった。ディーラーをはじめとしたスタッフも、その手伝いをする。一夜の夢が終われば日常へ帰る。そういうことだ。あの場にはなんていうか、人をちゃんと日常に帰すような、そういう文化的システムが内包されていたように思う。日本にできるらしいカジノも、やるならやるで、そういった文化面も輸入されればいいなと思う。

クラップスのテーブルで待っていたところ、社長はちょっとだけ遊んでそのまま去っていった。そのときは、あれっ、としか思わなかった。もしかしたら、盛り上がるほかの客たちと話をするために、橋渡しをしてほしかったのかもしれない。そのことに気がついたのは、会社を辞めてしまってからだ。たまに思い出し、悪いことをしてしまったと後悔がよぎる。もちろん思い違いかもしれない。でもこの後悔は、ぼくにとってある種の絆でもあるのだ。

給食のマナー

松家仁之

小学校の給食が苦手だった。一九六〇年代後半、給食を残すのは罪悪だったから、教師によっては昼食の時間が過ぎても食器が下げられず、苦手な豚の脂肉や干し椎茸《しいたけ》を牛乳で流し込むしかなかった。給食にどんな意味や目的があろうが、好き嫌いなく食べよという強制と受け身の状態は、ひたすら苦痛だった。

中学も給食。高校時代は母の弁当を持参した。大学では学食か近くの軽食堂。新卒で入社した出版社（二十八年勤めて退職した）には社員食堂があった。まあ、給食のようなものである。四人掛けのテーブルでベテランと同席することもある。当時のH部長との会話。

「昔はね、作家が食事に招待してくれたものですよ。長篇《ちょうへん》小説の原稿が完成したら、出版社が会食の席を用意する。それが単行本になると、今度は作家が編集者を会食に招いて慰労してくれました。O先生はいつもそうだった」

作家の懐具合もだいぶ変わったはずである。が、ジンギスカン食べ放題の忘年会で二十数皿の記録を保持する健啖《けんたん》家Hさんの述懐には、古き良き時代への郷愁が漂っていた。

同じ空間に着席する者たちに同じ献立を供給する。運命共同体的な受け身の食事。それを「給食」と呼ぶならば、そこに機内食も加えてみたい気がする。

毎年秋、海外版権の仕事でヨーロッパに出張していた時期があった。元部長のHさんも、定年退職後に再就職した別の出版社で海外版権を担当することになった。「一緒に行きましょう」と声をかけられ、ロンドンまでの十数時間、隣の席であれこれと話した。Hさんの話には迷いがなく、定見があり、物言いも率直すぎるほど率直、こちらはほぼ聞き役だから、まあ気が楽だった。

夕食の時刻、飛行機はシベリア上空を安定飛行していた。客室乗務員がメニューを配る。和食と洋食の献立のうち、和食はAかBの二択だった。メニューに顔を近づけ、真剣に検討するHさん。

客室乗務員が注文を取りにくる。「Bで、お願いします」Hさんはおごそかに告げた。客室乗務員は平身低頭して言った。「たいへん申し訳ございません。あいにくBが品切れになってしまいまして」

間髪入れず、Hさんは決然たる声のトーンで告げた。

「キミ……それはダメだ!」

私は隣で息をのんだ。客室乗務員は深々と頭を下げ、「申し訳ございません」と小さな声を残して消えた。門前払いの図だが、ここはシベリア上空である。

「選ばせておいて、もうないなんて、それはダメですよ」

Hさんは淡々として、無敵の微笑すら浮かべている。

それからほどなく、客室乗務員が品切れのメニューBを両手にして現れた。

メニューBはいったいどこから湧いてきたのか。Hさんの反応も感想も、まるで記憶にない。世界のしくみには謎が多い。

旅行鞄のマナー

戌井昭人

二〇二〇年の二月から三月にかけてペルーに行った。仕事も兼ねていたが、マチュピチュなどの観光地には行かず、チャチャポヤスという地方に滞在し、馬に乗って四時間移動したりと過酷ではあったが、とても有意義な時を過ごせた。その最中に新型コロナウイルスが広がりはじめ、世の中が大変なことになってきた。ペルーはまだ感染者が出ていなかったが、私が出国した数週間後に国境が封鎖された。

この旅に私は大きいスーツケースを持っていった。旅に「スーツケースなんて当たり前じゃないか」とおっしゃるだろうが、これまで自分はスーツケースで旅をしたことがなかった。同じ場所に長く滞在する場合は、誰かに借りて、滞在先に置きっぱなしにしておくことはあったが、スーツケースなんて格好悪いし、あんなので旅はしたくないと思っていた。とくに「ガラガラ」とキャスターを転がして歩く姿が、どうにも野暮ったく思えて嫌だった。

だから二十代のころは、大きな肩掛け鞄《かばん》で、背負うこともできるもので旅をしていた。さらに寝袋をくくりつけたりしていたので、ものすごく巨大だった。

その鞄は三十代半ばまで使用していたが、最後はボロボロになって、新しいものを買うことになった。それでもスーツケースは持ちたくないと思っていたので、その後、旅行鞄はバックパックにもなりキャスターもついているものにした。しかし、キャスターはあるが、旅するときは背負うことをメインで考えていた。「ガラガラ」転がすのが嫌だったからだ。だが、あるときキャスターを使ってみると、とんでもなく便利で楽だった。今まで意地を張ってキャスターを使わなかった自分が馬鹿らしく思えてきた。

この鞄でスペインに行ったとき、長距離バスを降りて、町まで歩いていると、前方にスーツケースを転がしている男がいた。ヨーロッパの街は石畳が多い、さらに男のスーツケースのキャスター部分が壊れているのか、「ガラガラ」と物凄《ものすご》い音を立てていて、その音で旅情が削《そ》がれていった。「これだからスーツケースは」などと思いながら追い抜いたが、目的の方向が同じようで、「ガラガラ」は後方からもずっと響いていた。

今回のペルー旅は長期間で荷物も多く、いつもの鞄では容量が足りず、悩んだ挙句、人生で初めてスーツケースを購入することにした。もう格好悪いとか言っていられない。だが購入するときは、キャスターが静かで耐久性があるものを一番重視した。スーツケースを転がす音で旅情を削いではいけない。

それにしても、あれだけ意地を張ってスーツケースで旅はしないと決めていたのに、結果物凄い楽だった。早くこのスーツケースで旅をできる世界に戻って欲しい。

忘れ物のマナー

青山七恵

二十代の頃に働いていた旅行会社での新入社員時代、初めて国内旅行の手配をした。数日後に北海道に出発するお客さんに諸々《もろもろ》の書類が届いているかどうか確認の電話をかけ、最後にひとこと「パスポートはお忘れのないようにお願いします」と添えると、腹の底に響くような強めの「え⁉」が返ってきた。戸惑う私に「北海道だよ。パスポートいらないでしょ」と呆《あき》れたようすでお客さんは言った。恥ずかしい話だけれど、私はこのときまで国内線の搭乗にはパスポートが不要であることを知らなかった。というのも、当時の自分は外国旅行をするときにしか飛行機を使ったことがなく、パスポート＝飛行機に乗るときに必要なもの、と固く思い込んでしまっていたのだ。お客さんは北海道に向かう機中で思い出し笑いをしたかもしれない。

生きていれば忘れ物の一つや二つ珍しくないことだが、あらゆる局面のなかで絶対に忘れてはいけないものの一つが、外国に行くときのパスポートだ。冒頭の一件のあとも、国際線利用のお客さんには日々「パスポートはお忘れなく」と念を押し続け、いやというほどこの一言を繰り返したせいなのか、いまだにパスポートを忘れて自分だけ飛行機に乗れないという悪夢を見る。空港でスーツケースの中身を引っかきまわした挙句《あげく》、パスポートがない！と気づくときの絶望感といったら、目覚めたあとも一日引きずる。
忘れ物の絶望といえば、中学三年生の秋、絶対に明日持ってくるように、と言われていた高校受験に必要な書類を家に忘れてきた日のことを思い出す。朝の会の前に書類がないことに気づいた私は、いま思えばおおげさだけど、これで自分の人生は終わった……と打ちひしがれ、担任の先生に書類を忘れたことを報告にいった。話しているうちに、ポロポロ涙が出てきた。実際の期限はまだ先だったらしく、先生は明日でも大丈夫だよ、と慰めてくれた。加えて後日、「泣いて謝っている青山さんを見て、自分は普段みんなにプレッシャーをかけすぎていたかもしれないと反省しました」と書かれた手紙まで渡してくれた。このとき先生が、中学三年生の絶望を真剣に受け止めてくれたことを、私は一生忘れない。

振り返るとこれまでさまざまな忘れ物をしてひとに許され、助けられてきた人生だ。数年前には、本屋さんで書棚の高いところにある本を手に取ろうとして、持っていたハンドバッグを床に置き、そのままレジに向かってしまったことがあった。レジで気付いてあわてて戻ってみると、ハンドバッグは忽然《こつぜん》と消えていた。置き引きというやつである。駆けつけてきた警察のひとは誰一人うっかり者の私を責めず、優しかった。パスポートを忘れる自分は許せそうにないが、ひとの忘れ物には優しい人間でありたい。

クリムトと語るマナー

恩田侑布子

「クリムトは絵を描いたんじゃありませんよ」

「えっ、じゃ、何を描いたんですか」

「描いたんじゃなくて彫ったの。あれは彫ってあるのよ」

小説家の村田喜代子さんとの電話は楽しい。純粋で鋭い直感は思いがけないところへわたしを連れて行ってくれる。

大好きなクリムトが金銀細工師の家に生まれたことは知っていた。しかし、絵筆で彫金をしたとは盲点であった。

クリムトの絵を一人でウィーンまで見に行った冬を思い出した。凍える寒さと、ことばの通じない心細さは、ベルヴェデーレ宮殿を巡るうちにたちまち氷解していった。

『接吻《せっぷん》』の前に立った。男の唇をうける女の背には、黒と金と銀の底しれない深い夜が広がっている。色とりどりの可憐《かれん》な花に埋まるわずかな地が二人の居場所だ。断崖《きりぎし》のへりに女の素足は指を反らして踏みこらえる。恋の成就の瞬間は、渦巻や四角の模様にあやどられた黄金の衣装のなかにあった。二人の肉体は永遠を暗示する金に溶け出しそうに思われた。完璧で排他的な美のはずなのに、まるでよそよそしさがない。神秘的なのに、誘い込むぬくもりとなまめかしさをもつ絵肌。一つの宇宙が逆説に満ちて匂い立っていた。

魅惑の『ユディト』とも対面した。出典となった旧約聖書では大麦の刈り入れの日に、日射病で死んだ夫の喪に服す美貌《びぼう》の寡婦として登場する。知恵と勇猛さで、酒宴の接待のみで敵将の寝首をかき、イスラエルの民に平安をもたらす女のスーパーヒーローだ。性的に潔癖であまたの求婚者もはねのけ、百五歳まで孤閨《こけい》を守ったそうな。

クリムトは、この二千年来の貞女の鑑像《かがみ》を完膚なきまでにひっくり返してしまう。妖婦の出現である。眼は恍惚《こうこつ》のなかにしどけなくまどろみ、皓《しろ》い歯は濡《ぬ》れ濡《ぬ》れと朝露をやどす。うすものを透かしてふるえるいちじく色の乳首。フロイトは官能的な恋は性愛の充足によって消滅するといった。ならば『ユディト』は『接吻』の女とは逆に、性の成就が不可能になったいまや、永遠のエロスのなかにゆらいでいるのだ。背景の金の樹木と宝石につづられた金の首環《くびわ》に埋まった女。そのたまゆらの表情は生きてあることの狂おしさの凝縮である。このとき、生と死は絢爛《けんらん》と一つになる。

クリムトは単なる官能的な装飾画家ではなかった。生涯、反骨精神とともに表現の革命と恋に生きた。その平面の追求にはもはや遠近法も影も要らなかった。なぜなら、黄金の迷宮はみるものの胸底に射《さ》し込んで、限りなく繊細な影の尾を曳《ひ》き続けるから。

クリムトはこの世の女を抱く。「ユディトは聖女じゃない。あなただよ」とささやいて。そして黄金の背景と衣装の谷間に、ゆらめく水の流れのような白い胸乳《むなぢ》を彫った。刻印した。

クリムトは劇薬と短刀であり続ける。

いいお客としてのマナー

お寿司屋さんでのマナー

小川糸

一年に一回くらいだが、無性にお寿司が食べたくなる。基本的な考え方として、十回回転寿司に行くなら、その分お財布を膨らませて、一回ちゃんとしたお寿司をカウンターでいただきたい方だ。世の中には、毎日でもお寿司が食べたいというほどの寿司好きもいるようだけど、わたしはそれほどでもない。なんとなく忘れた頃にいただくくらいがちょうどいいと思っている。

お寿司は、ひとりで食べに行く。夜ならウン万円もしてしまう銀座のお寿司屋さんでも、お昼のお決まりコースならずっとお手軽に食べられる。つまみで刺身を食べたいわけではなく、お寿司屋さんではお寿司をしっかり食べたい派なので、お昼は尚《なお》のこと都合がいい。昼酒なんて粋なことはせず、ひたすらお茶を飲みながらお寿司をつまむ。

せっかくお寿司屋さんでいただくのだから、可能な限りテーブル席ではなくカウンターで。板さんに、シャリの量を小さくしてくれるようお願いし、あとは出されたものをせっせせっせと口に運ぶ。

お寿司は出されたらすぐに食べるのがマナーだ。ひとりでお寿司屋さんに行くのも、そのためである。連れがいて、もし相手が話に夢中になっていつまでもお寿司が食べられないまま放置されていると、わたしは気が気じゃなくなってくる。お寿司が可哀想《かわいそう》だし、せっかく握ってくれた板さんにも失礼だと感じてしまうのだ。

これはお寿司屋さんに限った話ではないが、最近気になるのは、店側の料理の説明がやたらめったら長いのと、それを写真に撮る人がやたらめったら多いことだ。どちらの行為も、せっかくのおいしさが半減してしまいそうで、ハラハラする。

写真に関しては、一体、写真を撮るためにきたのか、食事をするためにきたのか、どっちなんだと言いたくなる。撮りたくなる気持ちがわからないでもないけれど、せっかくのおいしいタイミングを逃さないでほしいと切に願う。

江戸前のお寿司が好きなので、お醬油はつけないで食べる。箸ではなく、わたしは手摑みで食べる派だ。アナゴなんかは箸の助けを必要とするが、極力指で味わいたい。ガリも、指先でつまんで食べる。ガリは、残さない。

お寿司屋さんでは、さっさと食べて、さっさと帰るのが鉄則だ。長居はしない。たまに、もう一回あのネタが食べたいなぁ、と思うこともあるけれど、そうすると急にお値段が跳ね上がるので、お決まりのコースだけにとどめておく。お寿司は、もうちょっと食べたいなぁ、ぐらいの満腹さ加減がちょうどいいのかもしれない。

お寿司屋さんに限らないが、和食店などでいい割り箸を出された時は、いただいて帰る。これがまた、菜箸としてちょうどいいのである。

会計のマナー

小川糸

ドイツに行って驚いたことのひとつは、ワイングラスに100ccと200ccの線が必ずといっていいほどついていて、飲食店で飲み物を注文すると、線ピッタリの位置までワインが注がれて出されることだった。同じように、市販の紙コップにも、あらかじめ線が記してある。

そう、彼らはキッチリしているのだ。キッチリ、同じ量を平等に提供する。これが、彼らの矜持《きょうじ》である。適当とか、いい加減は許されない。これが、ひとたびフランスやイタリアに行くと、全く様子が違ってくるのだから、面白い。

わたしはというと、キッチリ体質のドイツが肌に合っていた。例えばドイツ人と時間の約束をしても、待たされる心配がほとんどない。日本人もそうだが、ドイツ人も時間に関してはかなり正確だ。

わたしは、多くの人に、もっともっとドイツの良さを知ってほしいと思っている。ドイツの観光名所は、ライン川やロマンティック街道だけではない。美しい自然がたくさんあるし、時間をかけて人々が作り上げてきた魅力的な街並みが随所に残されている。

歴史を大切にする一方、最先端の新しい文化や価値観が日々生まれている点も素晴らしく、ドイツの良さを語りだしたら、切りがない。けれど、いくらわたしが熱っぽくドイツの魅力を語っても、相手は顔を曇らせて最後にこう呟《つぶや》くのだ。でも、食べ物がおいしくないからねぇ、と。

わたしは、声を大にして言いたい。ドイツの食べ物は、本当に美味しい。ビールはもちろん、ワインも、じゃが芋もハムもソーセージも、目から鱗《うろこ》の美味しさだった。おいしくないと言われるのは、おそらく、観光客相手の店に行くからだろう。そうではなく、ドイツ人が行くドイツ料理の店を探せば、間違いなく美味しいのである。

週末ともなれば、レストランに集まって家族や友人らが大きなテーブルを囲み、食事を楽しむ。そんな場面にわたしも何度か立ち会ったが、さすがドイツと感心するのは、お会計の時だった。給仕さんは必ず、「ツザーメン　オーダー　ゲトレント？」と聞いてくれる。これは、会計をまとめてするのか、それとも別々に払うか？との確認で、「ゲトレント」と答えれば、ひとりひとり、自分が頼んだ飲み物と食べ物だけを支払う。

これを知って以来、日本の割り勘のシステムがどうも馴染《なじ》めなくなった。お酒を多く飲んだ人の分を、少ししか飲んでいない人が補わなくてはいけない。不公平だ。曖昧さは日本の美徳でもあるけれど、ことお金に関することはキッチリしたいのである。

だから、多く飲んだ人は自ら名乗り出て余計に払い、周りの人のモヤモヤを払拭《ふっしょく》してほしい。ゲトレントのシステムが、早く日本に広がることを願うばかりである。

期待のマナー

宮内悠介

妻とのあいだで語り草となっている話に「金目鯛事件《きんめだい》」がある。たぶんそれぞれの家にこういったエピソードがあり、よそに知られることなく忘れ去られていくのだろうと思う。そしてそういう忘れ去られる話にこそ宿る真実というのもありそうだ。

あれはいまから数年前、妻と父母の四人で伊豆へ行ったときのことだ。晩をどこで食べようかという話になり、宿の人にごはんどころを訊《たず》ねた。教えられたのが、駅中の居酒屋。こういう店であれば、そこまでハズレはないだろう。とはいえ、めちゃくちゃおいしいというわけでもなさそう。このときちょっと嫌な予感はした。というのは、うちの親はめちゃくちゃおいしいことを求めるからだ。「こんなもんだよね」「まあ悪くない」「よかったよかった」っていうような、中間的な幸福があまりないのである。

予感は的中した。父の頼んだ金目鯛の煮付けが、見るからに小さい。半身で、しかも全然身がついてないのだ。はたして、父はめちゃくちゃがっかりした。がっかりするとともに、怒った。店の人に聞こえるように怒り出すので、さっさと会計して店を出た。「あんなにしょんぼりしてる大人は久しぶりに見た」とは妻の言。かくして、金目鯛事件は伝説となった。

それにしても、父と母は喜ぶときは本当に喜ぶし、怒るときは全力で怒る。対してぼくは、どういうわけか感情の起伏がそんなにない。それは生まれつきそうだったのかもしれないし、もしかすると、彼らの感情に飲みこまれてそうなったのかもしれない。というのもぼくは小さなころから、めちゃくちゃ怒ったりめちゃくちゃ悲しんだりする両親に振り回され、それをなんとかしようとして、自分の感情を置き去りにしたようなところがあるからだ。

とりわけ、二人は些細《ささい》なことに大きな期待を抱く。そして、とてもがっかりする。この巨大感情みたいなやつが、小さな子供には手に余ったわけだ。それなら最初から期待しなければいいだろうと考え、実際、あまり物事に期待しない性格に育った。昔はそれをクールだと思っていた。いまは、つまらない人間になったような気がする。期待しないということは、喜びもしないということだからだ。とかく喜ぶのが下手で、何かいい報《しら》せがあったときも、次の瞬間にはがっかりしないよう身構える。

周囲がハラハラする場面は少ないかもしれない。でも、周りの人までつい口元をほころばせてしまうような、そういう喜びはぼくにはない。これはやはり、何かをちょっと欠いている感じもする。

ちゃんと物事を喜ぶには、たぶん、ちゃんと物事に期待するところからだろう。そういうわけで、ぼくはときおり金目鯛事件を思い返し、自分はちゃんと期待できているかと自問するのだった。

宅配受け取りのマナー

戌井昭人

インターネットショッピングの普及、新型コロナウイルスの影響もあり、以前より宅配を頼む人が多くなったのではないだろうか。日用品や食料品も直《す》ぐに配達してくれるし、食事の配達も、昔のようにオカモチを持った蕎麦屋やラーメン屋の出前だけではなく、色々な食事を配達してくれるようになり、四角いバッグを背負って自転車を漕《こ》いでいる人をよく見かける。私も何度か頼んだことがあるが、雨の日などに配達してもらうと、なんだか申し訳ない気持ちになる。とにかく配達員は大変だ。宅配便で大きな荷物を担いだ配達員や、呼び鈴を押しても住人が出てこないで困っている配達員の姿を見ると、「頑張ってください」とつぶやいてしまう。自分も配達のアルバイトをしていたことがあるので、仕事の面倒さや辛《つら》さがわかる。

私の場合、オートバイで、印刷物や名刺を運んでいた。会社は世田谷の外れにあり、毎日、大体のルートが決まっていた。午前中は調布、府中などの都下へ行き、午後から、新宿、神田、品川などの都心をめぐった。

配達先は、個人宅や商店、雑居ビルに入っている小さな会社から、ビルを構える大企業もあった。荷物を持っていくと、ハンコやサインをもらうのだが、このとき、受け取る人の対応は様々だ。横柄な人、面倒くさそうに対応する人、見下してくる人。一方で「ご苦労様」「ありがとう」と声をかけてくれる人もいる。このような一言は本当に嬉しかった。雨の日にオートバイで配達していたときは、大袈裟《おおげさ》ではなく疲れや寒さが吹き飛んだ。

それにしても、どうして横柄になってしまう人がいるのだろう。タクシーに乗ると横柄になる人がいて、どうしてそうなるのか訊くと、「金払ってるんだから当たり前だろ」と言われた。このようなタイプの人が配達員にも横柄になるのかもしれない。

あるとき大手企業の本社ビルに配達物があったが、どこからビルに入ればいいのかわからなかった。配達員は大概裏口から入るのが決まりだが、結局わからず、表玄関から入ろうとすると、警備員がやってきて、腕を摑まれ外に連れ出された。小包を持って薄汚いレインコートを着ていたから不審者に思われたのだろう。だが連れ出すまでしなくてもいいのではないかと思い、悔しい気持ちになった。

このような経験があるので、配達員にはいつも馬鹿丁寧に接し、「ご苦労様」と声をかける。しかし最近は、置き配なるものがあり、顔を合わせずに配達してくれる。味気ない。だからそっと荷物を置いた配達員には、インターホン越しに「ご苦労様」と声をかけているのだが、もしかすると気味悪いと思われているのかもしれない。

タメ口のマナー

青山七恵

よく行くクリーニング屋さんに、最近新しい店員さんが入った。私はそのひとのことをいっぺんで好きになった。なぜかというと、彼女はタメ口名人なのだ。

今日も冬用のウールのズボンを出しにいったところ、「これ、線入れる～?」と来た。「線……?」と口ごもる私に、「入れちゃおっかあ!」という調子。ポイントカードを出したら「半端に残ってるからぜんぶ使っちゃうね」、そしてすかさず冬物キャンペーンのポスターを指さし、「これ、お得だよぉー」、帰るときには、「いつもありがとぉー!!」。たった三分ほどのやりとりなのに、店を出るときには、楽しかったな、また会いたいなと、友だちとお茶して帰るときのような気分になる。初対面のときからこうだった。なれなれしいのにまったく嫌な感じがしない、きっぷのいいタメ口接客だ。

彼女は私より十歳は年上に見える。そのくらいの年代のひとに対して、無性に慕わしさを覚える。はじめて社会に出たとき、ペアを組んで仕事を教えてくれたひとが一回り年上の女性だった。カルガモの子の刷り込み現象のように、私はどうも最初に親切にしてくれた年代のひとのあとを追っかけまわしてしまうらしい。そもそも兄や姉がいないので、年長者に親しくしてもらうのがとても嬉しい。さらにタメ口で喋《しゃべ》ってもらえると、それが職場の先輩であろうとクリーニング屋の店員さんであろうと、憧れの「妹」ポジションを手に入れたような高揚感がある。とはいっても、私自身は妹が兄姉に喋るような口調ではなく、年上のひとには基本ですます口調で喋る。

敬語はややこしいと言うひともいるけれど、ごくお手軽に敬意を示せる便利な言葉だ。状況によっては、お互い距離をとりましょうという合図にもなる。私はどんなに親しくなっても、「あなたは素《す》敵《てき》、どこか敬いたくなるようなところがあります」ということを相手に暗に伝えたくて、敬語を使い続ける。でもそれが「あなたは素敵だけれど、ここからこっちには来ないでね」というソーシャル・ディスタンシングのようにも感じられることもあって、だからときどき「ですます」の壁を突き破り相手の胸にドスンと飛び込んでいきたくなってしまう。そんなときには、こっそり「うん」「そうかあ」なんて短い相槌《あいづち》をツルハシみたいに使って、壁をつっつき、ようすを窺《うかが》う。

今日、名人にキャンペーンを勧められたときも、「どうしよっかなあ〜」と、ひとりごとっぽくほんの少しのタメ語を混ぜてみた。が、「検討するねっ!」とまでは言えず、「検討します」と改まってしまった。敬語というラッピングを外して裸の言葉だけになったとき、どう「あなたは素敵」を伝えたらいいいんだろう。タメ口名人への道は遠い。

自動販売機のマナー

青山七恵

最寄り駅で電車を待つ手持ち無沙汰の時間には、ホームにある自動販売機を眺めている。

自販機に並ぶ飲料は不変のようで少しずつ変わっている。ゆく河の流れは絶えずしてしかももとの水にあらず、である。何かいつもと違う、と感じて端から順によく見ると、昨日まではいなかったはずの新顔の飲料が、いや、前からいましたけど?というような佇《たたず》まいで、そこに並んでいる。いやいや、確かにここにはべつの飲料が入っていたはずなのだけれど、じゃあそのべつの飲料というのがどんなものだったかというと、お茶だったかジュースだったかさえ、はっきり思い出せない。

水泡にひとしい自販機内部のはかなさよ……と、長らくぼんやりとしか自販機と向き合っていなかった私に、この夏、転機が訪れた。


乗り換えのため四ツ谷駅で電車を降り、喉が渇いたのでお茶でも飲もうとホームの自販機の前に立ったときのこと。見たことのない、ラムネ味の「水ゼリー」のペットボトルが目に入った。私は子供のころ、ゼリーが大好きだった。いつかの夏祭りで、初めて振って飲むタイプのゼリー飲料を買ってもらったときの感動はいまでも忘れられない。瓶から勢いよく口に流れ込んでくる、冷たい、ぐずぐずに崩れたゼリーの喉越し。目玉が飛び出るほどおいしいと思った。予期せぬ場所で突然ノスタルジーに突き動かされた私は、気づけばこの「水ゼリー」のボタンを押していて、キャップをひねったが最後、その場でぜんぶ飲み切っていた。目玉が飛び出るほどおいしかった。

以来、出かける先々で見かける自販機に、ゼリー飲料を探すようになった。ゼリー飲料が入っている自販機は決して多くないから、見つかったときの嬉しさはひとしおである。パイナップル味、みかん味、ぶどう味、いろいろ飲んだ。自販機は、待ち時間にぼんやり眺めるものではなく、刮目《かつもく》して、ゼリー飲料があるのかないのか、しっかり検《あらた》めるものになった。

自販機といえば、立ち食い蕎麦屋さんだとか、ラーメン屋さんだとかで、店外に食券の自販機が置いてあるタイプの飲食店がある。私の友人は、そういった店でもじっくりメニューを選びたいため、向こうから歩いてくる人とこっちから歩いてくる自分がちょうど同じタイミングで自販機の前に着いてしまったときには、どうぞと先を譲るそうだ。が、相手も同じタイプだった場合、譲り合いになって気まずい。それを見越して、あえてその場は自販機をスルーして、先客が去ったあとで戻ることもあるという。

誰にも気兼ねせず、自販機と向き合いたい気持ちはよくわかる。飲料も人間も入れ替わりの激しいこの世のなかで、一期一会のはかない縁を束《つか》の間かみしめたい。

自然と
格闘する
マナー

イワナ釣りのマナー

服部文祥

できるだけ少ない装備で食料や燃料を調達しながら、長く原始環境を移動するという山旅をライフワークにしてきた。イメージとしてはムーミンのスナフキンである。

そんなサバイバル登山（と呼んでいる）において、夏から秋にかけての主な調達食料はイワナである。天然のイワナは釣り人のあこがれだ。そのため山旅の食料として源流のイワナを食べてしまったら、貴重な天然イワナの数が減ってしまうのではないか、という指摘を受けることがある。

たとえば、ダムができる前の黒部川の上流部では、イワナは「川のウジ」といわれるほど生息数が多かった。今でも黒部川の源流部にはたくさんのイワナが泳いでいるし、他の流域でも、車道の終点から五時間も山奥に入れば、イワナはいくらでも目にすることができる。北アルプス、南アルプス、南会津、飯豊・朝日連峰など、この二十年で同じエリア、同じ渓を何度か旅してきたが、道がない山奥の渓のイワナが減っているようすはない。

源流のイワナを食料にすると言っても、徒歩旅行中である。釣りに専念する時間はそれほどないし、釣りをするのも宿泊地の周辺だけ。たくさん釣り上げたところで運ぶことができないので、食べるぶんしか釣らない（燻製《くんせい》にして数尾は持ち歩く）。天気が悪ければ、まったく竿《さお》を出さずに、通過する渓もある。どのエリアも奥深いので、それなりの覚悟を決め、日数を確保して挑む必要があり、連続して通うことは適《かな》わない。食べるぶんは殺生するが、現地で食べる程度の殺生が、全体の生息数に影響すると私は考えていない。

逆に釣った魚をすべて持ち帰ることが可能な車道が並走する渓では渓流魚の生息数は少ないようだ。車で苦労もなくアクセスできるところは、釣り人の数が圧倒的に多い。

登山のために山村を通過すると「山菜採り禁止」「キノコ採り禁止」という看板を見ることが増えた。利便性のために車道を整備したら、山里から街に出向く利便性だけではなく、街から山里に入り込み、山里の糧を取って運び出す利便性まで向上してしまったという皮肉である。

私有地に棲息《せいそく》する生き物を採取するのはマナー違反を越えた犯罪である。だが、合法的にイワナが釣れる渓流であっても、私は生息数が多くないところでは、釣りをしない。細々と生きているイワナをみると、釣り欲がしぼむし、まだ山奥に入り込めない子どもたちのためにも、里の渓流魚は残しておくべきだと思う。徒歩で数時間アプローチしなくてはたどり着けない山奥でしか釣りをしないことを、イワナ釣りにおける第一のマナーとしている。

第二のマナーが毛バリだが、これは次回に続く。

毛バリのマナー

服部文祥

エサと毛バリのいったいどちらが釣れるのか、渓流釣り定番の話題である。

実際に、目の前に見えているイワナを確実に釣ろうと思ったら本物の虫やミミズでエサ釣りしたほうが確率は高い。毛バリは所詮《しょせん》ニセモノなので、用心深い個体には見破られてしまうし、食い気が低い個体にも無視されてしまう。

仕掛けの先端にある「食わせる部分」だけを取り上げたら、リアルに軍配が上がる。だが、一歩引いて釣り全体を見渡すと毛バリ釣りにも優れた点が多い。最大の利点は、エサを付け替えなくてよいテンポの良さだ。

強度が高いエサ（ミミズやブナ虫）は多少使い回しもできるが、イクラなどは数度流れに沈めたらもうハリには残っていない。エサの付け替えは手間がかかるうえに、エサを持ち歩かなくてはならない面倒もある。

毛バリは一つで十尾釣ることもできるほど頑丈である。付け替える必要がないため、打ち込むテンポが速い。これは「食いが立った」状態では、十秒に一尾抜き上げられるほどの威力を発揮する。道具立てもシンプルなので、支度仕舞いにも手間がかからない。

打ち込みの速さは、強みと同時に弱点でもある。毛バリを狙ったところに打ち込むために、重いイトを竿《さお》につけムチのように振り回すのだが、この動作には空間が必要になり、樹々が流れにかぶっている狭い場所では、思うような釣りができない。打ち込む動作を習得するのも難しい。ただ、この毛バリを打ち込む動作は毛バリ釣りの魅力でもある。一般的に釣りは「じっと待つ」というイメージだが、毛バリ釣りはダンスのような躍動感があって、行為そのものが楽しい。

エサか毛バリか結論が出ることはない。私は毛バリ派だ。それはテンポがよくて楽しいからだけではない。ニセモノで騙《だま》すという手順を加えることで、釣り上げて食べることへの罪悪感がほんのすこし軽減されるような気がするからである。

もし山中で焼きたての餃子《ギョーザ》を「どうぞ」と出されたら、餃子に釣りバリが仕込まれていても、私は気づかずに口にしてしまうだろう。そのとたんにハリにつながったイトを引っ張るなんてイタズラは悪質に過ぎる。だが、出された餃子が中華料理屋の入口に飾ってある蠟《ろう》細工だったらどうだろう。それを口に入れて釣り上げられても「そんなニセモノを口に入れるおまえが悪い」と言われたら……。

ニセモノで騙したからといって、殺生にともなう居心地の悪さが軽減されると考えるのは、釣る側の勝手な解釈であることは承知している。だが、やはり毛バリで誘い、イワナにも判断するチャンスを残しておくのは、イワナに対するささやかなマナーだと考えている。

焚火のマナー

服部文祥

五万年前にはもう、ヒトは焚火《たきび》を自由に扱っていたという。それからずっと、私が子どもの頃まで、焚火は人の生活と共にあった。現在、街中で焚火を見かけることはない。人口密集地域では軽犯罪法や消防法などで焚火が規制されているからだ。

私は、食料や燃料を現地調達しながら長く山を旅することをライフワークとしている。炊事はすべて焚火で行うため、焚火は元気で楽しく旅を続けるためのカギと言える。

ところが人口密集地ではない山の中であっても国立公園内の特別保護地区や国有林、特別天然記念物となっているエリアでは、焚火は禁止である。登山エリアのキャンプ指定地でも景観と環境保護から焚火が熾《お》こされることはない。化石燃料と登山用ストーブ（コンロ）を持っていき、それで炊事をするのがマナーを超えたルールになっている。

そのため私は、焚火ができないキャンプ指定地や特別保護地区を避けて、焚火をしてもよいところを繋《つな》げて旅をしている。原始的な旅を行うためには、皮肉なことに現代の法律に注意して、現代の地図をよく確認しなくてはならないのだ。

山での焚火が否定される最大の理由は山火事である。森林はヒトを含む全生命体にとって大切なもの（財産）である。自然発火による山火事は自然の一部かもしれないが、ヒトの不注意で起きる山火事は不自然な純粋悪といっていい。

一方、日本の野生環境を長く旅してきた経験からいうと、山岳地帯の渓流沿いや原生の森の中はいつも湿っていて、山火事はもちろん、焚火を熾こすことすら難しい。マツやヒノキなど脂分の多い針葉樹林が、日照りがつづいて乾燥していたときに、焚火が延焼して山火事になった事例があるようだが、落葉広葉樹の原生林で焚火が火元で火事が起こったという話は聞いたことがない。

さらに薪《まき》は化石燃料と違い地球の生態系の中で循環する炭素であり、持続可能な燃料である。山中で調達可能なため、燃料を持ち運ぶことに比べて荷物を軽くできる。濡れた身体を乾かしたり暖めたりすることもできる。遠赤外線で作った食事はおいしい。遭難や災害時などに人命を守るために火を熾こすことが必要なこともある。焚火は、登山をより深め、人命救助にも繋がる重要な技術である。

最近流行のキャンプは焚火とセットのようだ。焚火が許されたキャンプ場で、多くの人が焚火を楽しんでいる。人跡稀《まれ》な山奥に入る登山者も、他人や他の生き物に迷惑をかけない程度に炊事用の小さな焚火を熾こしている。荒野の旅が有する魅力に説明はいらない。子どもの頃誰もが憧れた「獲物、焚火、秘密基地」がそこにある。

焚火が復権し、きちんとした焚火の技術がずっと受け継がれていってほしい。

フリークライミングのマナー

服部文祥

フリークライミングはオリンピック競技に採用され、多くの人が楽しめる運動として認知されたようだ。だが、スポーツクライミングは厳密な意味でのフリークライミングではない。あくまでもフリークライマーがトレーニング方法のひとつとして考案した人工壁（クライミングボード）から生まれたスポーツである。

クライミングの元になった近代登山は、高山に人類は到達できるのかという純粋な試みから生まれた。だから山頂に到達できるならば科学技術を持ち込んでも構わなかった。世界中の山が初登頂されていく先で、人は既登の山へ、より難しい切り立った岩壁から挑みはじめた。

岩壁を克服するためにいろいろな工夫が考案された。最初は細長い丸太を岩稜《がんりょう》に担ぎあげ、険しい岩の段差に立てかけ、その丸太を助けに難所を越えた。丸太が木のクサビや鉄のハーケンに変わり、最終的には岩にドリルで穴をあけ、ボルトを打ち込むという方法にまで発展する（人工登攀《とうはん》）。ボルトが誕生して、理論的に登れないところがなくなった。

ここで「人工登攀」は作業であって登攀ではないと考える人が出てきた。対象が自然の岩壁でもビルの壁でもやることが同じになってしまうからだ。岩を自分に都合のよいように加工するのではなく、元々ある突起や割れ目などの岩の形状だけを利用して、自分の手足だけで登ることが「登ることだ」と彼らは考えた。これがフリークライミングのはじまりである。フリークライミングの「フリー」はフリーハンドのフリーと同じで、そのまま訳すなら「素登り」になる。岩の形状を自分の身体でなんとか利用し、バランスが取れる動きを組み立てながら登る。それは身体全体で考える創造的運動で面白かった。

もし登れなかったら、帰って、自分を鍛えて、出直す。その姿勢は行為者にとってもフェアで気持ちが良かった。

自然環境は有限であり、岩壁を人工的に「壊して」登っていては、いつか対象がなくなってしまう。だがあるがまま登るフリークライミングは持続可能だった。

山岳地帯に道ができたり、ロープウェイが架けられたりすれば、山頂からの風景を誰もが平等に楽しめると喜ぶ人は多い。登山者すら道が拓《ひら》かれたり、山小屋が整備されたりすれば、登りやすくなったと考える。だが、フリークライマー的に考えるなら、登頂効率を考えて都合のいいように山を加工してしまったら、もうあるがままの山には誰も登れないことになる。

整備して加工してだれもが結果を享受できるのが平等なのではなく、誰もが結果に向けて努力できるようにそのまま残しておくことが「真の平等」だというフリークライミングの考えは「持続可能」がキーワードになっている現代に本質的な提案をしている。

男女楽しみのマナー

恩田侑布子

　バスに腰を下ろしたとたん、後部座席から聞き慣れた声がやってきた。「これ渡そうと思って。強歩大会で完歩したんだって。大したもんです」

　思いがけない賞状が舞い降りた。小学校の徒競走はいつもびり争い。三位までの子がもらうリボンがうらやましかった。キリマンジャロにも登る会長が、静岡市の用宗《もちむね》から三保の羽衣の松まで、平べったい地面を歩いただけのわたしを褒めてくれるなんて。なんだかじーんとした。

　長年の運動嫌いがたたって五十代に入ると、しょっちゅうつまずくようになった。ある時はスーパーの駐車場で、ズドーンと鉄砲玉のようにコケた。あと二センチずれていたら縁石で頭がカチ割れたかもしれない。一念発起。静岡県ワンダーフォーゲル会に入った。年に何十回も山行する猛者《もさ》たちにくらべて、わたしはたった数回。その上、膝を傷めて遠ざかり、今日が念願の再デビューだ。ウキウキ気分のバスはノンストップで西伊豆スカイラインを目指す。会報には「駿河湾越しに富士山、南アルプスを堪能する絶景コース」とある。青い海にうかぶ富士山を眺めながら稜線歩きできるとは、天国の気分が味わえそうだ。胸がときめく。

　登山口の土肥《とい》駐車場に着いた。

「こんなかに、よっぽど心がけん悪い人がいんだなあ」

Kさんが茶化した。海も富士山もまっ白な春霞の中だった。達磨《だるま》山から金冠山一帯は風が強くて高木が育たず、ミヤマクマザサの一面の笹原である。おや、黒文字の木だ。黄色の糸ボンボンのような花をつまむと、奥ゆかしい匂いがした。右手の山肌はむらむらもこもこと花の雲。路端《みちばた》のあちこちにも満開の富士桜が待っていた。あせびの花が寄り添い、ピンクと象牙色のハーモニーを奏でる。

お昼にまるまるしたらっきょう漬けをみんなに振る舞ってくれたY子さんが疲れ出した。

「五分休憩！」

「腎臓は一個しかなく、心臓はステント入り、脊柱管狭窄《せきちゅうかんきょうさく》症の手術もした。けど、大丈夫」

「お孫さん九人。ひ孫まで生まれて、おしあわせよ！」

みなさんポジティブでいじいじしない。ここには年功序列も男女差別もない。遅れがちなY子さんを若い男性がさりげなくフォローして歩く。


先日わたしは、ある文化集団の学習会に飛び入りで参加した。質疑応答で発言すると、「なに、このオンナ」といった、ジェンダーギャップ指数百二十位の国の冷気がいきなり肌につき刺さった。

文化集団の役員はずらりおっさん軍団。ワンゲルは山猿集団。山猿は自然の中を歩きまわり、自然に性差別はない。富士桜のおしべはめしべよりエライ、なんていったら笑われるだけ。差別は固陋《ころう》な文化の遺習にして異臭だ。頭でっかちな都市文明を離れ、いっしょに清遊する仲間がいるうれしさ。

さみどりをわかつマナー

恩田侑布子

遠い昔、水着にバスタオルをひっかけて茶畑のほそみちを渓川《たにがわ》へ急いだものだ。緑の下には青い淵《ふち》が待っていた。幼い日の川泳ぎは、いつも茶山に見守られていた。今も茶筒を振って朝が始まる。

それが、である。

「もう、今年っからつくるのやめたもんで、わるいけん、買ってもらえないだよ」

電話口で思わず絶句した。野山に新緑が走れば、川の上流から新茶が必ず届く気がしていた。

「そうなんですか。おいくつになられましたか」

「八十三だよ」

あっちこっちからお茶農家を辞めた、という声が聞こえてくる。高齢化のためだけではない。草むしり、追肥、霜よけ。いい塩梅《あんばい》にする製茶。手をかけた新茶の味と香りをわかってくれる消費者が減っている。安い二番茶以降のペットボトル茶に押されて、農家は干上がってしまったのだ。

急須のない家も増えている。わたしも東京に行って「お茶にしよう」といわれ、安心してはいられない。出てくるのは焦げ茶色に濁ったコーヒーばかり。

若葉が谷にあふれる朝、茅屋《ぼうおく》から更に二十キロ山奥にある農家の新茶会に出かけた。樹齢百年はあろうかという杉の円卓をみんなで囲む。シャーベットグラスにはこんもりと初摘みの新茶。人肌ほどの湯を注ぐ。手揉《も》みの針のような新茶がゆらぐようにふふむ。翠色《すいしょく》の花がひらきかかる。すかさず一口。若葉の谷。山の端に湧く雲。潺々《せんせん》たる瀬音。深山のいのちのしずくが滴った。帰りしなは茶摘み体験もさせてもらう。一芯三葉の若い「みる芽」を摘む。はにかんでさみどりに透きとおる日を摘む。

　梅天と長汀《ちょうてい》とありうまし国　阿波野青畝《あわの・せいほ》

青畝の句は戦前の白砂青松を呼び起こす。いまや高速道路や防波堤がそびえ、長汀は無残な消波ブロックに姿を変えた。茶畑も存亡の危機。茶の木は一年放《ほか》せばジャングルになる。コーヒー党にも、たまには萌《も》え出《い》ずる日本茶を淹《い》れていただきたい。一杯が日本の山紫水明を守ってくれる。

茶畑の奥には、やぶ椿《つばき》の森がみえた。晩春の夕べにぼっとり墨色のにじむ椿の紅と、初冬の東雲《しののめ》に翔《と》び立ちそうな茶の花の白は対照的。でも、同じツバキ科。日本文化はこの照葉樹林の風土を根底に織りなされて来た。茶の清雅と椿の情念は、日本の昼と夜の顔である。

いい新茶には、絹より繊細なひかりを放つ毛茸《もうじ》が浮かぶ。わたしは星のうぶ毛とよんでいる。

「さあ、どうぞ」
「なんですか」
「お茶のお星さまですよ」
「こんなに浮かんで、透きとおっていますね」

生まれ変わって好きな人に逢《あ》ったら、さいしょに新茶の星のうぶ毛をゆったりとのませてあげたい。

たゆたいのマナー

恩田侑布子

　一段一段、高さも踏み込む奥行きもみな微妙にちがう古社寺の苔《こけ》むした石段。上りながらそぞろに思うのはわが来し方の歳月である。似ている。だからなのか。不揃いの古い石段が好きだ。

　静岡の山住まいなので、近場は雑草の心配が要らないコンクリの階段になってしまった。

　どこかないかな。そうだ、清水の霊山寺に行こう。山門の仁王様にも会いたいし。

　ひとけのない土の広場に車を置くと、参道は昼でもうす暗い。横に「熊出没」の看板。まさか夏に出ないよね。小径《こみち》は沢音ばかり。渓流と分かれる辺りから石段になる。里の人がまめに草取りをしてくれている。とはいえ、雑草はすぐ生え出す。落葉は昨年《こぞ》のものとも今年のものともわからない。大きさのまちまちの石が、きざはしの姿《なり》を保ちながらてんでんにかしいでいる。ところどころ地《じ》の岩盤が天然の踊り場をつくって、古色を帯びた石段との変化も楽しい。

　水を飲もうとリュックを下ろすと、しっとりとした苔にささやかれた。かがみこむ。緑の苔をまとった石という石が黙って座る人々のようにみえる。ふと、なかになつかしい横顔が浮かんで、こころのなかで話しかけてしまう。

　と、石陰へ何かがよぎった。空から灰色の翼。嘴《くちばし》には紅《あか》い花が。あっ、沢蟹《さわがに》だ。磯鵯《いそひよどり》、とみとめた瞬間、茂みへかき消えた。

見上げれば、木の間隠れの石段はゆるやかに昇る龍のよう。見ようによっては、のびちぢむ時間を畳みこむ蛇腹のようでもある。全山の蟬時雨《せみしぐれ》。無住寺は法師蟬の領土になる。仁王の膝下から眺めると、水色の駿河湾を抱いて伊豆半島が大蛇のようにぐんぐん伸びてゆく。

日本に霊山寺と名のつく寺は多いらしい。中国で霊山といえば、古来崇拝の篤《あつ》い五岳がある。その一つの泰山《たいざん》に、中国古代思想を学ぶ仲間と登ったことがあった。ケーブルカーであっけなく山頂に着いた。下山もゴンドラという。

「恩田さん、どこ行くの。勝手な行動はつつしんで！」注意の声が降る前に体が傾斜を駈《か》け下りていた。六千余の石段ってどんなかしら。タタタタタッ。うわあ、完璧。切石の階段は見渡す限り寸分の狂いもなかった。御見事！　歪《ゆが》みや崩れが、わびや、やつしとなる日本の石段とは別世界が厳然とそこにはあった。

『古事記』の序で太安万侶《おおのやすまろ》は本音をもらした。「訓読みだけで書くとことばは心に届かない。かといって、すべて音読みで書くと、ものごとの情趣は長たらしくなる」と。文字を必要とせず口承だけでやってきた文化に、殷時代から数千年の蓄積を持つ漢字文化が流入した。和漢の境に安万侶は揺れ悶《もだ》えたにちがいない。そうして音読みのなかに訓読みを響かせる工夫をしたのだ。こうして、どちらにも執しない方途をさぐるたゆたいの情《こころ》が生まれ、日本文化の水脈となってきたのである。

古い石段という龍の背《そびら》にまたがって、またゆっくりと遊びたい。

お墓参りのマナー

恩田侑布子

車から降りると崖のすすきの穂に迎えられた。靴の先がなにかを弾《はじ》く。おや、栗の毬《いが》。どうせみなしぐりと思ったら、なんと、茶色がつやつやかがやいている。しかもとびっきり大きな二粒だ。母の眠る山寺へウォーキングがてらやって来たのに、栗のおまけまで。今日はこれだけで大吉。

百歩も上らないうちに眼下に駿河湾が広がる。桔梗《ききょう》色のにじむ秋の海だ。ふいに、葛の花の甘い匂いの坩堝《るつぼ》に入った。薫りは風にのらない。まつわりつく。秋口は赤紫の花穂が獅子の尾のように雄々しかったのに、もう小花は黒ずみ、裾から朽ちゆくもののなつかしい匂いを放っている。

家に帰れば仕事が山のように待っている。合理主義の立場からは墓参りなぞ一文の価値もなかろう。感傷だよと笑う人もいる。直葬も散骨も珍しくない時代だもの。仕事の進捗《しんちょく》からはたしかに道草。

道草といえば小学一年生の日々を思い出す。帰りの合図にみんなで歌をうたった。

「さよならみなさん♪　みちくさしないで帰りましょ〜」

歌ったそばから道草にいそしんだものだ。仲良しと遊ぶのだ。ちいちゃん家《ち》はお父さんが亡くなってお母さんが働きに出ている。小さすぎて鍵を持たされていない。それで一人ずつ窓から入る。ランドセルを道端に放って腰高窓へ手を伸ばす。がたぴしと開ける。ちいちゃんは窓枠によじ登る。わたしはパンツを押してあげる。鉄棒で前回りするコツ。赤と朱のかばんを持ち上げ同じように窓の玄関に入れてもらう。秘密基地は楽しかった。

母の眠る徳願寺に着いた。今日は草茫々《ぼうぼう》の狭庭から樒《しきみ》、金水引、秋明菊、秋海棠《しゅうかいどう》が採れた。でも水揚げはスーパーの切り花にかなわない。閼伽桶《あかおけ》に山水を張って、がんばれ、と水切りする。

「死んだらおしまい。死んでから何してもらってもしょうがない」。耳にタコができるほど母から言われた。

「しょんないことしに来たよー」。甘党の母にはゼリー。私は好物の青みかんを墓前で食べる。海が見える。死者は一つの井戸なのだ。生きているものはその思いを汲むだけ。

時間を目的に向かい一直線に進むと考えれば道草は遠回り。でも、振り返ってみると時間は直線《リニア》ではなかった。ぬかるみ、潭《ふち》をなし、くるくる渦巻き、ときには小さな花も咲かせてくれた。

山門を出ると脇に工事車輌《しゃりょう》が停まっていた。樹齢三百年はある大樟《おおくす》の根もとの舗装が剝《は》がされている。前見たときは走り根が付近のアスファルトを隆々と持ち上げていたのに。

「樟どうすんの？」

「伐《き》っちゃあすかと思って」

「まさか。大事な御神木よ」

人のことばを何でも真に受ける性分《タチ》なので心臓がドキドキした。

「伐ったらタタリが。だけどまた五、六年で盛り上がるぞ」

工事の大将は笑った。

命と
向き合う
マナー

飼い犬のマナー

小川糸

レディー・ガガさんの愛犬二匹が、誘拐された。その時の映像を見ると、現場はかなり緊迫している。散歩をさせていた男性が銃撃されたという。

幸いなことに、連れ去られた二匹は程なく路上に繋がれているところを発見され、無事、ガガさんの元へ戻された。

でもこのニュース、他人事ではない。わが家にも、犬がいる。私も、たまに図書館などに行く用事で犬を外で待たせる時は、目を離している隙に犬が連れ去られたらどうしようかとハラハラする。ガガさんが多額の懸賞金をかけた気持ちは、愛犬家なら誰もが理解できるものだろう。

わたしは、二〇二〇年までの二年半、ドイツの首都、ベルリンに暮らしていた。ドイツ自体そうだが、ドイツの中でもベルリンはとりわけ犬に優しいと言われている。カフェやレストランは犬同伴で入れるところがほとんどだし、電車やバスなども一緒に乗れる。わたしもベルリンにいる時は、基本、どこに行くのも愛犬と一緒だった。それは、飼い主にとっても犬にとっても幸せなことで、ベルリンは犬にとってのパラダイスである。

なぜそんなことが可能なのかというと、犬のマナーがいいからだ。ドイツでは何事につけてもそうだが、義務と権利がはっきりしている。犬を飼うためには、その犬が人間社会で快適に生きていくために犬を躾《しつ》けなくてはいけないという飼い主側の義務があり、その義務を果たした先に、愛犬を連れて多くの場所へ自由に行けるという権利を手にするのだ。飼い主共々きちんと教育を受け、人間社会でどのようにふるまったら良いかを学んだ結果、パラダイスを謳歌《おうか》することができるのである。

犬に接する際の第三者のマナーも素晴らしかった。基本的に犬は子どもが苦手とされるが、子どもたちは犬を見つけると大概興味を示す。そんなときでも、まずは必ず飼い主に触っていいですか?と尋ねるし、尋ねた後も、いきなり犬を撫《な》でるのではなく、まずは自分の手を差し出して、犬に匂いを嗅がせ、挨拶する。それから体に触れるのだ。そうすれば、犬も落ち着いて相手を受け入れることができる。

わが家の帰国子女犬も、ドイツ留学でだいぶマナーが身についた。けれど、どうしても治らない癖がひとつだけある。食いしん坊すぎて、散歩中、拾い食いをしてしまうのだ。地面に食べ物を見つけると、条件反射的にパクッと口に入れてしまう。それはもう恐ろしいほどの早技で、飼い主はほとほと困り果てている。

最も危惧するのは、食べ物を差し出されたらそのまま喜んで誰にでもついていってしまうことで、我が家の犬を誘拐するのは簡単だ。この悪癖をなんとかしないといけない。ガガさんの犬誘拐の報を受け、肝に銘じた次第である。

犬を育てるマナー

小川糸

気がつけば、自分自身が立派な犬おばさんになっていた。わたしは、七年前から犬を飼っている。犬派か猫派かでいったら犬派だが、自分がこれほどの愛犬家になろうとは予想だにしていなかった。自分が犬を飼うまでは、散歩中、平気で犬と会話している人に冷ややかな視線を送っていたのだ。でも今は、人前で堂々と犬に話しかけている。

犬の名は「ゆりね」という。お正月に食べる百合根《ゆりね》と似ているので、その名前になった。ビションフリーゼという犬種の、白い雌犬である。

性格は、明るくマイペース。無類の食いしん坊で、おいしいものを食べていれば幸せ。散歩中、どんなに相手から吠《ほ》えられようが、一向に気にせず、平気でスルーする。社交家で、犬も人も大好きだ。一人遊びも得意で、スイッチが入るといきなり興奮して走り回り、満足すると、また急におとなしくなる。とにかく、大らかな気質で、自分もこうありたい、というお手本のような存在なのである。

人生で、これほどまでに愛したことがあるだろうか、というくらい、わたしはゆりねを愛している。寝起きを共にし、常に同じ空間にいて、どこかでいつも相手の気配を感じている。言葉は通じないが、ゆりねが今どんな気分でいるか、機嫌がいいのか、眠いのか、ほっといてもらいたいのか、お腹が空いているのか、遊んで欲しいのか、そういう感情は、この七年間でずいぶん感じられるようになった。ゆりねの方も、最初は真っ新《さら》な状態だったのが、少しずつ色を重ねるように様々な感情表現をするようになり、意思の疎通は年々、深まってきていると実感する。言葉は通じずとも、心は繋がっている。

そんなゆりねに、最近、ちょっとした変化が現れた。以前は、いくら相手に吠えられようがしれっと無視していたのに、最近、場合によっては吠え返すのである。それは、相手の犬のマナーが目に余る時だ。怖がりで吠えてしまうのは仕方がないが、たまに、一方的に間髪入れず威嚇して攻撃的に吠える犬がいる。

わたしも、客観的に見ていて、その態度はいかがなものかと思ってしまう。そうすると、ゆりねも負けじと吠え返すのだ。どうやら、相当正義感の強い犬に育ったらしい。流石《さすが》にその態度はないでしょ、という意思表示である。

ところで、新型コロナの外出自粛期間中ペットを迎えた人も多いと聞くが、犬にとって仔犬《こいぬ》時代の社会化は重要である。飼い主以外の人間と接したり、犬同士の挨拶のし方を学ぶのだ。ところが、その頃の仔犬たちは、ステイホームが叫ばれたため、他の人や犬に接する機会が乏しかった。最近、どうも上手に挨拶のできない犬が増えているのはそのせいだろうか。人の都合が、こんなところにまで及んでいる。

アゲハのマナー

宮内悠介

かぼすの植木に近所の蝶々《ちょうちょ》が卵を産む。それが蝶の卵だというのは、妻に教わってはじめて知った。放っておくと芋虫が生まれる。爪楊枝《つまようじ》の先みたいなやつらが一所懸命に葉っぱを食べるのでなかなかかわいい。あるとき妻が菓子の箱か何かで飼いはじめた。

小さいわりに移動距離がとても長い。気がついたら天井にいたりする。行方不明になるやつがいるので、ディスカウントストアで虫かごを買った。見ているとめちゃくちゃ葉っぱを食べる。そのうち脱皮する。そのあとは、さらにめちゃくちゃ食べる。耳を澄ますと、葉っぱを食べるこりこりという小さい音がひっきりなしに鳴っている。猫しか飼ったことがないのでとても新鮮だ。見ていて飽きない。絞った音量で音楽を聴くのに似ている。

芋虫は無心に葉っぱを食べるか、あるいは何もしない。それだけだ。でもそれがいい。次々と新人がやってくるので、ときどき葉っぱにたどり着けない芋虫が交通渋滞を起こす。妻がひょいと葉っぱの先で芋虫を拾い、場所を移し、鮮やかに交通整理をする。

葉っぱを食べるか何もしないかなので、その様子は、小説の描写であればたぶん飛ばされる。飛ばされるであろう、そういう中間的な領域が心地いい。彼らはたぶん何も考えていない。生命のみがある。知という毒におかされていない。かくありたい。

脱皮もいい。つるりと皮が脱げる瞬間には、原始的な気持ちのよさがある。脱皮をするとき、最後に頭の殻が残る。妻はそれを「顔」と呼ぶ。何度目かの脱皮で緑色になる。終齢というやつだ。ぷっくりしていて実に立派でよい。でも、この終齢はそんなに見ていられない。すぐにそわそわしはじめ、目を離した隙に蛹《さなぎ》になるからだ。そわそわしはじめた芋虫は活発に動く。かごから逃げると平気で部屋をあちこち探検する。そして無線LANルーターの電源コードで蛹になったりする。

蛹になると手がかからない。忘れたころ、蝶々になって出てくる。無事を祈って外に送り出す。その後、新たな卵を見て、あの蝶のものだったらおもしろいな、などと考える。蝶への完全変態は、知識としてはあったものの、実際に目にするとインパクトがすごい。いったん蛹のなかでスープ状になってから蝶々に変わるわけで、なんていうか、思い切った設計である。文句なしのクライマックスなのだけど、終齢がとてもかわいいので、もう少しあのままでいいのにという気もする。

引っ越したところ、かぼすに蝶が来ることが減った。蝶道という空中の見えないレールのようなものがあるらしいので、それを外れているのかもしれない。それでもやってくる蝶はいる。なのでまた芋虫から育て、送り出す。この場所が蝶のあいだで口コミで広がれと念じて。

鉢植えのマナー

宮内悠介

かつて通っていたアメリカの小学校の話である。一問一答で自分について語るという課題があり、そのなかに、ペットプラントはあるかという問いがあった。ペット、つまり飼っている植物ということだから、観葉植物という理解でいいだろう。家に鉢植えがあったので、深く考えずにイエスと書いた。その後、個々の項目について話す時間があり、ぼくはペットプラントの名を訊ねられた。

名前。植物に名はない。ぼくは何かを間違えたらしいと気がつき、恥じ入りながら名前はないと答えた。何か間違えたらしいと気がついて恥じ入る。ぼくの記憶にはそういう場面が多い。それにしてもペットプラントとは。文化差である。そういえば、「植物に感情はある」みたいな記事には、米国発のものが多い気がする（偏見かもしれない）。植物に名前をつけるのは面妖だとも思ったが、しかしまあ、人が好んでやっていることである。

その後時を経て、近くのホームセンターで売っていた小さなガジュマルの鉢植えを買った。確か三百円とかそんなである。幹が太くて、ずんぐりむっくりしていてかわいい。やがて妻がそれを「ぼんた」と呼びはじめた。たぶん盆栽の盆に太郎の太ではないかと思う。文字だとあれだけれど、口にしてみると響き的に安定感があるというか、とてもしっくり来る。

しかし冬を越さずに枯れた。ぼんたのいない生活はどうも寂しい。実家の父がガジュマルの苗木を増やしているのを思い出したので、わけてもらうことにした。名前はぼんた。二代目である。鉢も大きいものに変え、かわいがった。名前をつけると愛着が深まる。仇名《あだな》で人を呼ぶだけで、なんとなく仲がいい気がしてくるし、課長などと役職で呼ばれれば、その役職が内面化する。これはまあ、人間の認識のバグみたいなものだと思う。余談ながら、ぼくは小さいころから仇名で呼んでもらえることがとても少ない。

この二代目ぼんたも、ある寒い冬に葉をすべて落としてしまった。またやってしまったかと思ったが、しかし今回は生命力を感じると妻が言う。言われてみればそんな気もする。夏になれば元気になる植物だというのはわかっていたので、祈るように夏を待った。

はたして、根のほうから新芽が生えた。鮮やかな緑色の、柔らかい葉と幹だ。夏のあいだに三十センチ以上は育った。こういうことがあるとは聞いていて、期待していたものの、植物ってすごい。

この一連の顚末《てんまつ》を父に語ったところ、最初に指摘されたのは、「植物に名前をつける人ははじめてだ」であった。文化差である。まあいいだろう。ぼくらは木々にも犬猫にも、ときには石ころにも他者を見出す。それも人間の人間らしさの一つの形であるはずだ。

ケモノを仕留めるマナー

服部文祥

　今でも一頭仕留めるのに四苦八苦だが、狩猟をはじめたばかりの頃は仕留めるどころか、ケモノの姿を見ることすらできなかった。ケモノが通っている痕跡は多いのに、いつ行ってもその姿が見えない。業を煮やし、ケモノ道の交差点で、ジッと待ち伏せをしてみることにした。

　本業は登山なので防寒具は揃っていた。ヒマラヤ登山に使う羽毛製品で身を包み、ケモノ道を見下ろすヤブの斜面にマットを敷いて腰を下ろした。退屈なのでつい魔法瓶からお茶を飲んでしまい、尿意に悩まされた。


　持参した本を読みはじめたが、すぐに手が冷たくなった。手袋をしていては頁《ページ》がめくれない。しかたなく仰向《あおむ》けのまま寝転がると斜面なのでずるずると下がってしまう。地面を静かに掘り、細い木の枝を横に渡して座りなおした。居心地がよくなっていつの間にか眠っていた。カサカサと気配を感じて目が覚めた。少し離れたところからベーッとシカの鳴き声が聞こえた。

「本当に来た？」

　それを期待していたのに、いざ来ると、動転して、心臓が跳ね上がった。身動きが取れず、ただ、音のほうに集中した。カサカサカサと気配が近づいてきて、パキンと枝の折れる音がした。

本命だと思っていたケモノ道を二頭のシカが歩いていた。そっと銃をあげて狙いを定めた。シカはゆっくりではあるものの、こちらにまったく気がつかずに歩いていて、狙いがうまく定まらない。こちらの存在を気づかれる前にと焦って、心が決まる前に引き金が落ちてしまった。弾は外れた。狙っていたシカが跳び上がるように駆け出した。それを追って二頭目のシカも跳んだ。だが、数歩で立ち止まった。銃声がどこからかわからず動転しているようだった。私は立ち上がって、次弾を込めて、立ち止まっているシカを撃った。

そのあとも何度か待ち伏せをしたが、いつも似たようなことが起こった。初弾を外し、慌てるシカを次弾で仕留めるのである。

狩猟で獲物を撃つときには呼吸があるということに気がついたのは、かなり経験を経てからだった。獲物がこちらに気がついていないときにはその呼吸を摑《つか》むのが難しく、焦ってしまう。ベテランの猟師には、こちらに気がついていないシカを撃つときに、あえて物音を立てたり、口笛を吹いたりして、気がつかせるという人もいる。私が、こちらに気がついていないシカを撃てるようになったのは、かなりの数を仕留めるようになってからである。獲物に呼吸を合わせるように強く意識することで、初弾を当てられるようになっていった。

まったくこっちに気がついていない獲物を撃つのは、不意打ちのようで、撃つ側もバツが悪い。これをマナーというのだろうか。

雲をはこぶマナー

恩田侑布子

一月七日は松明け。かささそと注連飾《しめ》りをはずす。お正月とのお別れである。それを人日《じんじつ》というのもおもしろい。俗世の始まりには、これまた年に一度の楽しみが持つ。七種《ななくさ》である。今年もすこやかでありますように。祈りを込めてなずな粥《がゆ》を炊く。旧暦の行事なので若菜摘みにはまだ早い。そこでスーパーのパック詰めとあいなる。ケースの外から、あまりのかわいさにつらつらと見とれてしまう。蕪《かぶ》のすずなは真珠のよう。大根のすずしろは白魚さながら。みんなミニチュア細工の野菜のお雛《ひな》さまだ。ほそぼそと煙る根っこを洗って、俎板《まないた》の上に揃える。刻みながら、ああ、この世っていいな、としみじみする。音痴なので囃《はや》し唄はテキトー、おまじないほど。昆布にのれんの切れ目を入れて土鍋でことこと。蓋を取ると、ほわあぁ〜。地べたとくすぐりっこするかの匂い。さみどりの星粒から白い湯気がやわらかに立ちあがる。

「おかわり」

食の細い長男が、この時ばかりは手を伸ばした。どうにか太らせたいと思っているわたしはうれしくなった。しかもわが家でこのなずなが好物なのは人間だけではなかった。

一九九七年頃、「たまごっち」が流行《はや》った。「一組で持ってないのぼくだけだよ」。犬やメダカや沢《さわ》蟹《がに》を飼って大きくなったわたしは、小学生がてのひらで仮想現実（VR）の高価なペットを「飼う」流行についていけなかった。

この子の好きな生き物を育てさせよう。そこで桂《かつら》チャボをもらって来た。白黒の尾がおしゃれな番《つがい》はあれよあれよ、十二羽の大家族に。春先には庭のなずなや犬ふぐりをよろこんでついばんだ。縁側にもちょこん。のんきに並んでいっしょに日向《ひなた》ぼっこをしたものだ。長男はひいきのカッポウちゃんを頭に冠のように乗せて、小川沿いの道を自転車で走った。次男もはしゃいでちょこまか追いかけた。

ゲームはみるみる進化し、いまや超現実の刺激と快楽をふんだんに脳に注入するものになった。チャボを異次元旅行の家来に連れてゆくことなど、お茶の子さいさい。まもなくロボットも念じるだけで用を足すようになるという。さらに、言葉も口もいらない第二の言語が出来て、直接脳の電波信号で会話する新種の人類が誕生しそうだ。それを人間の肉体からの解放、というひとさえいる。

わずか二十年前、貧しい家族はチャボと大地のほほ笑みを分けあっていた。ほほ笑みが地球船という、宇宙のたった一つの甲板の上に広がりますように。せりなずなおぎょうはこべらほとけのざすずなすずしろ、これら七種は、地べたから生きとし生けるものの平安を願ってくれている。

雲は高い空だけに湧くのではない。風呂吹き大根や、なずな粥の湯気も、ひととひとがわかち合う雲ではなかろうか。一杯のお茶でいい。あたたかな雲をだれかに運べるのは、この上ない幸せである。

かなしみとよろこびのマナー

恩田侑布子

生まれてはじめていった言葉をおぼえておいでですか。

障子に日が差していました。大きな瞳に笑くぼのむっちりした母がわたしを座布団の上に寝かしてくれました。キャッキャッと笑いながらいったことばが、おぼえている初めのことばです。

「まあ、まあ」

何度も何度も言いました。

「のんびのんびのんび。めんこいめんこいゆうころころりん、のんびのんびのんび」

わたしは母に両腿《もも》から足首まで撫でさすられていました。

「もっとやって、やめないで」のかわりに「まあ」といったのです。

若いピチピチした母の思い出に、還暦を過ぎて、時々帰ってゆけるようになりました。その後の両親の長い修羅場を、このごろはあまり思い出すことがありません。二人が死んで二昔が経ちます。

父母はともに生きるのが下手でした。母はがんノイローゼもあり、眠剤など薬物依存が昂《こう》じ、父とも泥沼で自殺未遂を繰り返しました。わたしの前半生はこころが凍りつくことばかりでした。

でも、いざ死なれてみると、世の中の光景が一変しました。四十代でしたが、半身はもうあの世にいるような気がしたのです。

昔を思い出したのは、さきほどから山奥の大枝垂れ桜の下に座っているからです。細長い枝という枝がゆらゆらと花をゆすります。見上げると真っ青な空から限りない花びらが天女の羽衣さながら体じゅうを撫でてくれるのです。くすぐったい、と思ったら、幼い日の「まあ」が出てきました。羽衣といえば、天女がやって来て、一辺が一由旬《ゆじゅん》の大盤石を百年毎《ごと》に羽衣で撫でてもまだ終わらない劫《こう》という時間の単位がインドにあります。

ところが最近『時間は存在しない』という量子重力理論の学者ロヴェッリさんの本を読みました。なんともエレガントな一行があります。「この世界は石ではなく、キスのネットワークでできている」。世界は物ではなく、出来事が織りなす相互関係だというのです。これはほとんど仏教の縁起と空《くう》の教えそのものです。偶然同い年と知って、なおさらファンになりました。ともに東洋も西洋もない宇宙船地球号の住人、そう思うだけでうれしくなります。

桜の花びらが風にのって舞い散り、せせらぎに花筏《いかだ》が組まれてゆきます。いま、と思う時間は、ゆがみ流れるその花筏のひとひらかもしれません。ならば、かなしみの歳月のなかにもまぎれなくあったよろこびを思い出したいのです。母はあのとき、わたしを笑いながら育ててくれていました。いまでも両腿を撫でおろす温かい手ざわりを感じます。育てる、という行為は神話的時間です。

人はそうして、子を産み、親をみとることによって、生前と死後の風景を見させてもらうのでしょう。

蹴り初《ぞ》めは母のおなかや夕桜　侑布子

道なき道を
行くマナー

何かしている振り、というマナー

温又柔

　初夏のいいところは、明るい時間帯が長いことだ。少しぐらい寄り道しても、気がついたら日が暮れていた、なんてことはない。だからこの時期は、わざと遠回りばかりしている。何をするわけでもなく、ただ、気の向くままに歩くだけなのだが、そうしていられること自体が何とも幸福なのだ。

　それに、歩いていると、書きかけの小説の、書きあぐねていた場面や描写を、ピッタリと表すための文章が、ふっと閃《ひらめ》くことがある。数時間もの間、どうしても摑むことができずにいたことばが、歩いているだけで、向こうから勝手にやってくるのだ。

　両脚を動かして、一歩また一歩と前に前にリズミカルに進んでゆくと、何時間も机の前にかじりついていたせいですっかり滞っていた血の流れがみるみるよくなって、頭の風どおしもよくなって、気がせいせいしてきて、そのおかげで「閃き」が訪れるのであろう。

　そう考えると、私にとって、歩くことと書くことは、分かち難く結びついている。歩くと書きたくなるし、書くと歩きたくなる。

　ちょうどレベッカ・ソルニットの『ウォークス　歩くことの精神史』を少しずつ読み進めているのもあって、歩くことが精神にもたらす効果なるものを、いっそうこの身で実感してしまうのかもしれない。この本で著者のソルニットは、「生産指向の世のなかにあって、思考することはたいてい何もしないことと見なされているが、まったく何もしないのは案外難しい。人は何かをしている振りをするのがせいぜいで、何もしないことに最も近いのは歩くことだ」と書いている。その箇所を読みながら、大学を卒業してそのまま大学院に進んだ頃の自分がしょっちゅう長い散歩をしていた理由が、突然、わかった気がした。傍《はた》から見たら「何もしない」に等しかった当時の私は、いま以上によく歩いていた。「何かをしている振り」をしながら「思考すること」に夢中だった。歩くことは、そうするのにうってつけだったのだ。

自分にとってはこんなにも意味があることをしているのに、他の大勢の人たちにとって無意味というだけで、たちまち「何もしていない」と見なされるなんてな、と密《ひそ》かに思いながらも、「何かをしている振り」は、世のなかで忙しく働く人たちへの自分なりのマナーだと思っていた。

思えば私の考えは現在も、あの頃とあまり変わらない。

「生産指向の世のなかにあって」、たった一行のために、数時間を費やしてでも、自分にとって心ゆくまでの表現を模索することもある私は、小説を書くこともまた、「何かをしている振り」をするのにうってつけだなとよく思う。

駅伝のマナー

服部文祥

正月に開催される地元の駅伝大会に二十年連続で参加してきた。登山以外では私の主戦場ともいえる行事である。ただ例のウイルスのせいで二年連続で中止になっている。

私が参加しつづけてきたのは地元の連合町会対抗というちょっと変わったカテゴリーである。なにが変わっているかというと、小学生男女四人と大人男女五人の九人でチームを作るところだ。小学生の区間は低学年と高学年、大人の区間は、高校生以上、二十歳以上、四十歳以上と年齢の規定がある。地域を代表するさまざまな世代のランナーが集まって、競い合うところが面白い。

三十代の頃は二十歳以上の区間で勝負できたが、ここ数年は四十歳以上の区間に完全に定着した。それでも同年代や少し下の世代としのぎを削るようにレースを楽しんでいる。

男性ランナーは青年からおじさんまで人口が多く、駅伝メンバーには困らない。本番の大会でも大人の男性区間は力が拮抗《きっこう》し、差がつかない。勝敗を左右するのは、大人の女性と小学生達である。それぞれの地区に、子ども達の指導に熱心なおじさんランナーがいて、駅伝が近づくと、子どもから大人までが河川敷に集まって一緒に練習をしている。はじめは不安そうだった子ども達が、自分なりにペースやフォームを考えて、ベストタイムを更新していく姿は実に美しく、頼もしい。

私の練習の支えは、そんな子ども達と他の地区の有力選手の存在である。じつは陸上競技のライバルは、言葉にしない信頼を寄せる同志でもある。駅伝が近づくと「あいつも走っているはず」と信じて練習するからだ。

数年前、私が走り続けていることを知った高校時代の友人に、駅伝の助っ人を頼まれたことがある。ちゃんと練習して勝ちに行くレースか？　と聞くと、かつての仲間とワイワイやるのが目的ということだった。じゃあ、悪いけどいやだ、と断った。ワイワイやるなら練習でやればいい。競技やレースとは参加者が本気の努力をしてひとつでも上を目指すことに意味がある（と私は思っている）。勝敗の結果はともかく、とにかく本気でやることが重要なのだ。共に競い合う仲間（勝者と敗者）に敬意を表す方法はそれ以外にない。最善の準備を行って挑むのが駅伝のマナーなのである。旧友の誘いを断ったときは、そんな想《おも》いを伝えなかったので、関係が悪化し、修復に二年かかった。

二〇二二年も地元の駅伝は中止になったが、隣の区の駅伝は開催され、我々も混ぜてもらい走ることができた（年代別のチームではなかった）。大人は毎年駅伝を続けることができるが、成長期の小学生にとって地域の代表になれるチャンスは人生にせいぜい一回か二回しかやってこない。それが連続して中止になっているのは本当に残念である。

ジョガーに対するマナー

服部文祥

雨が降っていなければ、河川敷を自転車で走って通勤している。リモートワークにオリンピックも重なったからだろう、ジョギングする人が増えた。そんなジョガーたちを追い抜いたり、すれ違ったりするときに、私は頭の中でついつい二つに分類してしまう。「良いフォーム」と「良くないフォーム」である。

がんばって走っているのに、フォームが崩れていてもったいない人を見ると、「ワタシの話を三分聞いてクダサイ」と声をかけたくなるが、ジョガーに対するマナーとして我慢している。

三十代の頃から、登山と並行して中距離走も、人生を賭けて取り組んできた。四十代になってマスターズの全国大会で勝つことを目指したときは、零コンマ数秒速く走るために、どうすればいいかを四六時中考えていた。速く走るためにすべきことはいくらでもあるが、根底に据えるべき最重要事項は、フォーム（走る姿勢）だと私は考えている。

台車に数個の段ボールを積み上げて運ぶとき、段ボールをヒモで縛るか縛らないかで安定具合が変わってくる。縛ると安定し、力をロスしないでまっすぐ進むことができる。縛らないと不安定に揺れるのでスピードは出せないうえ、揺れの修正のために前後左右にエネルギーをロスすることになる。

これが陸上競技で言われる「軸」だ、と私は理解している。体幹の筋肉を少し固めて、上半身がぶれないようにすると、エネルギーをロスしないため、疲れずに速く走れる。
「骨盤の前傾」もよく聞くキーワードだが、これは背中やお尻の大きな筋肉を上手く使うためである。楽な姿勢が「楽」というだけあってもっとも疲れないようで、走る時はおへそにクッと力を入れているほうが疲れない。

　知らないジョガーを呼び止めてそんなことを説明することはないが、知り合いからランニングを始めたと聞くと、ついつい自説を開陳してしまう。だが説明の後には大抵「楽しく走りたいだけなんで」とつれない対応が返ってくる。

　走るとは、自分の肉体を使ってその自分の肉体を、一定の距離、できるだけ速く移動させる運動である。一歩一歩、瞬間瞬間を楽しみたいという気持ちはよくわかるが、サイクリングが好きだからといって、常にブレーキがこすれているような整備不良の自転車で走ることを楽しむ人はいない。走る喜びとは、肉体を使った高速移動がもっとも効率よく円滑に進んでいるときに強く感じるものなのだ。「無駄なく円滑に走る＝自分の最大能力で速く走る」が理屈上もっとも楽しいはずなのである。

　より饒舌《じょうぜつ》になった私を前に、知り合いのジョガーはうわの空である。

川沿いサイクリングのマナー

戌井昭人

自転車に乗ってぷらぷらするのが好きだ。

目を覚ましたとき、「今日は自転車でも乗ろうか」と思ったら、すぐに準備をする。気が変わる前に即行動だ。顔を洗って歯を磨き、リュックに着替えやタオルを突っ込んで自転車に跨《また》がる。まだ寝ぼけていたとしても、ペダルを漕《こ》いでいれば目も冴えてくる。

目的地は決めないが、たいがい多摩川に向かっている。しばらくして河原に出たら、その日の気分で、上流に向かうか下流に向かうか考える。だがほとんどの場合、下流に向かって走っている。

川沿いのサイクリングロードは心地良い。前方に広がる空を眺めながら走っていると気分が爽快になってくる。

サイクリングロードにはマナーがあって、自転車をかっ飛ばしていれば良いだけの道ではない。ウォーキングやランニング、老人や子供連れの親子が散歩しているから、注意しなくてはならない。すれ違うときは、スピードを落としたり、「すいません」と言いながら追い越したりする。

たまに無闇矢鱈《むやみやたら》とスピードを出したロードレーサーが走ってくることがある。実際に事故も多く起きているようで、困ったものだ。

サイクリングロードという名称だからなのか、自転車に乗って我が物顔の人もいて、「邪魔だどけ！」と怒鳴《どな》られたことがある。私がダラダラ走っていたから、腹立たしかったのかもしれない。スピードに乗って爽快に走りたい気持ちもわかるが、我が物顔になるのはいけない。

ペダルを漕ぎ続け、気づけば昼時で腹も減ってきた。サイクリングロードを外れて、近くにある古ぼけた食堂に入ってみる。汗をたくさんかいているから、ちょっと濃い目の味付けが嬉しい。店を出たら、ふたたび川沿いを走り続ける。途中で、川を眺めながら、冷たい飲み物を飲んだりするのも至福の時間だ。

さらに走り続け、気づけば、河口の公園に来ている。ぼんやりしながら、東京湾を飛び立つ飛行機を眺め外国に想《おも》いを馳《は》せる。以前、公園ではなく対岸にある羽田空港の到着ロビーに自転車で行ってしまったことがある。空港を自転車で走れるなんて珍しいので、うろうろしていたら、私服警官に呼び止められ、「なにやってんだ」と怒られた。そのときは、どこかの国の要人が日本に来るので警戒中だったようで、考えてみれば、空港で自転車に乗ってうろついている人間なんて怪しいに決まっている。自転車で無闇に空港をうろつくのはマナー違反なのかもしれない。

家を出てから五時間くらい経っているので、帰りの道のりを考えると辟易《へきえき》するが、戻ったら家の近所の銭湯で汗を流すことを活力に、ふたたびペダルを漕ぐのだった。

自転車のマナー

青山七恵

月に一度通院する動物病院までの十五分の道のりを、リュックに入れた猫をかついで歩いていくのが少ししんどくなってきた。

自転車を使えば五分の距離だけれど、うちの自転車には猫用キャリーやリュックを載せられるようなカゴがついていない。自転車は漕《こ》いで進めばそれで良しという考えのもと、ここ十年は前カゴなし、ギアなし、当然電動アシスト機能もなし、というシンプルな自転車に乗っていた。足裏で地面を蹴るようにペダルを漕ぎ、あくまで自力で軽やかに風を切って走ってこその、自転車だ。でも最近は、乗って五分もしないうちに股関節が痛みはじめるので、久しくサドルをまたいでいなかった。これはついに電動アシスト自転車を買うときが来たのだな、と覚悟して、近所の自転車屋さんを訪ねた。

電動アシスト自転車は重心が低くて、ずんぐりむっくりしているか、カブトムシみたいにいかついかのどちらかだ。どちらも私の好みではない。でももう、四の五の言っている場合ではない。悩んだすえに、店のなかでもっともいかつくて股関節に優しそうな自転車を選んだ。ついていた前カゴは元々大きめだったけれど、猫のキャリーがちょうどすっぽり入るくらいの特大カゴにつけかえた。

病院通いは格段に楽になった。大学での講義日には、通勤時間短縮のため駅まで自転車を漕いでいくようになった。車通りと信号の少ない道を開拓し、朝の早い時間に風を切って走る。とても気持ちがいい。信号待ちで停まってから漕ぎ出すときには、電動アシスト機能のおかげで、誰かに「行ってらっしゃい！」と後ろを押してもらっているような気になる。ただやっかいなのは、駐輪のとき。マンションの駐輪スタンドは微妙に高さがあって、思いきり体重をかけて勢いよく押さないと前輪が奥まで入っていってくれない。毎回気合を入れて「フンヌー！」というかけ声とともに駐輪していたところ、ある日ふと、これでは「憤怒！」と言っているように聞こえるかもしれないと気づき、最近は「フン！」で止めるようにしている。

朝の通学時間帯には、小さな子どもを後ろに乗せたお父さんお母さんの自転車とよくすれ違う。電動アシストの助けを借りてはいても、風が強い日などは自分一人の体でも重くしんどく感じるのに、もう一人を乗せている人たちはすごいな、と思う。後ろだけではなく、前にも子どもを乗せて走るお母さんなど本当にすごい。三十数年前、私の母も、幼い私と妹を自転車の前後に乗せて買い物に出かけることがよくあった。でも思い返してみれば、あの頃は、電動アシスト機能付きの自転車なんて誰も乗っていなかった。二人の子どもと買い物袋の重さを一身に引き受け、憤怒を感じていたかもしれない当時の母のかけ声はどんなふうだったろう。

若葉マークのマナー

小川糸

おでこにひとつ、右と左にも一枚ずつ、後ろにもまた一枚と、合計四枚の若葉マークをつけて走っている。本当は、十枚くらいつけて走りたい気分なのだが、貼る場所も限られるので、今は四枚で我慢している。

四十代後半で運転免許を取得した。半世紀近くも生きていると、自分でも腰を抜かしそうになるほどびっくりすることがたまに起こる。運転免許の取得も、わたしにとっては人生における重大事件に匹敵する出来事だった。

振り返れば、一年前の今頃だって、まさか一年後、自分が車のハンドルを握っているとは、思っていなかったのである。自分でもこれだけ驚いているのだから、きっと周りの人たちは、度肝を抜かれているに違いない。

ペーパードライバーにならないよう、春に免許を取って以来、定期的に運転するようにしている。山道も走ったし、高速道路デビューも果たした。

運転していて感じるのは、自分の性格が炙《あぶ》り出されるということ。自分の考え方の癖、よくない点、悪癖、そういうことが見事に浮き彫りになる。そして、それを放置しておくと事故につながることもわかってきた。だから運転は、自分の性格を修正するいい機会になるかもしれない。

わたしは、自分の気持ちいいペースで物事を進めるのは得意だが、追い立てられるのはものすごく苦手である。だから、バックミラーに後続車が鈴なりになっているのを見ると、焦ってしまう。そんな時は、途中、道幅の広い見通しのよい場所に左ウィンカーを出して一時停止し、後続車に道を譲るようにしている。

予期せぬ事態が起きた時、パニックになってしまうというのも自分の悪い点である。高速道路を走っていてわたしがもっとも恐れているのは、止まってはいけない、というプレッシャーだ。けれど、何か不測の事態が展開した時、例えば、道の真ん中に生き物の死体が横たわっているのを発見した時など、わたしは咄嗟《とっさ》にブレーキを踏んでしまうかもしれない。それが、怖い。

高速道路では、とにかく、走り続けなければいけないのである。だからわたしにとって運転は、パニックにならない、突発的な何かが起きても冷静に判断する術《すべ》を身につける良い練習になっている。

車を運転していてもどかしいのは、言葉での意思疎通がなかなかできないことだ。だからこそ、的確にウィンカーを出すことで意思疎通を図ることが重要になってくる。若葉マークを貼っていると、道を譲ってもらえたりする場面は多い。そんな時は、ハザードランプをピコピコさせて、お礼を伝える。本当は大声で、ありがとう！　と伝えたいところだけど。若葉マークの車を温かい目で見守ってくださり、心から感謝している。

車選びのマナー

戌井昭人

家族が増え、病院に行ったり、遠方に出向いたりする機会が多くなった。そのようなときは、レンタカーで済ましていたが、いい加減、自分の車があった方が便利だと思えてきて、購入を考えている。自動車の免許を取得したのは十八歳の頃で、当時は祖父の八百屋で使っていた軽ワゴン車に乗っていた。車内は常にセロリや腐った野菜の臭いが漂っていたけれど、いま思うと懐かしい。

二十歳の頃、友達の父が経営していたフィリピンクラブの送迎用のワゴン車を、なんと一万円で譲ってもらった。値段に見合わず、フルフラットになって寝ることもでき、サンルーフもあったりと、内装はやたら豪華だった。

学生時代は、この車でキャンプに行き、日本各地を巡った。何万キロ走ったか覚えていないが、最後は、ブレーキの効きが悪くなり、外装もボロボロになって、廃車になった。その後、友達の乗っていたスペイン製の車を、二万円で買った中古ギターと取り替えた。この車はエンジンだけがポルシェで、ボンネットを開けるとエンジンにポルシェの刻印があり、それを眺めるのが密《ひそ》かな楽しみだった。だが走っているとすぐにオーバーヒートして、二ヶ月くらいしか乗れなかった。その後、友達の乗用車を譲り受けたり、軽ワゴンを貰《もら》ったりしたが、もう二十年くらい自分の車は持っていない。必要なときは、レンタカーか、父が乗っている軽トラックを使っていた。以前、その軽トラックで銀座に行き、ビルの地下駐車場に入れようとすると、駐車場係の人に「搬入はあっち」と言われた。「駐車したいんです」と答えると、「ちょっと待って」と詰所に入り、どこかに電話をして、戻ってくると「この車は停められない」と言われてしまった。仕方がないので出口に向かっていると、駐車場に停まっているのは高級車ばかりだということに気づいた。ここにオンボロの軽トラックが停まっていたら確かに不釣り合いなのだろう。だが後から、乗っている車で差別され、停めさせてもらえなかったことに腹が立ってきて、嫌な気分になった。

私にとって軽トラックは最高の車だ。乗っている車で、人を判断しないのは自動車乗りのマナーだ。とにかく車で、人を判断するのはよくない。むしろ自己顕示欲の塊のような車に乗っている方がどうかと思う。しかし、そう考えているということは、自分も乗っている車で人を判断しているのかもしれない。

そんなことを思いながら、自分はどんな車に乗ればいいのかを考えている。これまで貰ったり、交換したり、最高でも一万円しか払ったことがないので、慎重になっている。軽トラックは大好きだが、今回は見送ろうと思っている。別に銀座の地下駐車場に魂を売ったわけではありません。

生活を楽しむ
マナー

換気のマナー

戌井昭人

二〇二〇年、新型コロナウイルスの影響により、いたるところで換気が重要になっていた。飲食店に行くと「換気してます」などの貼り紙があるし、タクシーも窓を開けて走行している。

現在のように換気重視になる前から、自分は過剰なくらいの換気好きだった。だが、その過剰さにより、他人を不快にさせ、よく怒られてきた。

一人で生活していたときは、朝起きると窓を全開にして、日中は外出するときも開けっぱなし、夜は開けたまま寝てしまうこともあり、眠っている間に気温が下がって風邪をひいたことが何度もある。一人住まいのときは良かったが、換気の度が過ぎているため、現在は、妻によく怒られる。真冬、朝起きたら窓を全開にして、そのままどこかに行ってしまったり、夜は窓を開けっぱなしで眠ったり、防犯上良くないと注意される。以前友達の別荘に数人で行ったときも、私がやたらと換気をするので、「そんなに換気したいなら外に出てろ」と皆に言われた。確かに外に出れば良いのだが、部屋の中が外みたいな状態が私は好きなのだ。だが、このような換気癖は、他人に迷惑をかけるので自粛している。しかし出張でホテルに泊まると、これみよがしに窓を開けるので、窓の開かないホテルは少し辛《つら》い気持ちになる。

現在世間は、私のように、過剰な換気を必要としている風潮だが、換気の行き届かない煙まみれの焼鳥屋で酒を飲んでいたことを懐かしく思ったりもしている。

だが飲食店はコロナ禍の前から、換気や排気は重要だった。知り合いの焼肉屋は、新店舗を開店させるとき、吸い込んだ煙をどこから排気するかで近隣住人と揉《も》め、ビルの屋上まで排気口を持っていき、高額なフィルターをつけることになった。しかしこれは住んでいる人が近くにいるから仕方がないところもある。

二十五年前、ニューヨークの安宿で友達とビールを飲みながら煙草《たばこ》を吸って駄弁《だべ》っていると、部屋の火災報知器が鳴り出したことがあった。どうも煙草の煙が部屋にこもって作動したようなのだが、火災報知器は一向に鳴り止《や》まず、誰も来ないので、フロントに行くと、従業員が部屋まで来て、ニッパーで火災報知器の電線を切って出て行った。「それだけ?」と呆気《あっけ》に取られたが、このとき鳴り止まなかった火災報知器に耳がやられ、換気は大切なのだと深く思った。その後、中庭に向かって窓を開けたが、耳が遠くなった我々のお喋《しゃべ》りは声が大きくなり、今度は「うるさい」と怒られた。

とにかく換気の行き届いた場所が常識になっている昨今であるが、換気なんて気にせず、「空気悪いな」とか文句を言いながら、焼鳥を食べたり、ライブを観《み》たりする日が戻ってきて欲しいとも願っている。

課金のマナー

白岩玄

六歳の息子が、よくゲームをするようになった。タブレットのゲームや、ニンテンドースイッチなど、まだまだ簡単なものが多いが、最近では操作にもずいぶん慣れたので、自分が横についていなくても一人で頑張ってやっている。

スイッチのゲームは買い取りだが、タブレットのゲームは無料のものが多く、最初はどれくらいやるかもわからないので、とりあえず課金（ゲーム内でアイテムや特典を得るために＋αのお金を使うこと）をせずに遊ばせていた。でも本人が面白がってプレイする時間が長くなってくるうちに、ずっと無料で遊ばせてもらっているのがなんだか申し訳なくなってきて、お礼代として少額の課金をするようになった。楽しい時間を過ごさせてもらったことに対する感謝の課金だ。

この考え方は自分の中でしっくりきたので、その後もある程度遊ばせてもらった無料のゲームにかんしては、少額でも課金することを自分なりのマナーとしていた。そして本当に長く遊ばせてもらったものについては、月額いくらかで様々な特典が付くゴールドパスのようなものを購入し、お礼の気持ちと同時に自分たちも恩恵を受けられるようにしていた。なんというか、そういうのは作り手と受け手として、すごく良好な関係であるように思えたのだ。

そんな中、最近、ショッピングモールなどにある、ポケモンのアーケードゲームをやるようになった。バトルをして、プラスチックのタグになったポケモンを集めるのだが、これがなかなかよくできていて、子どもの付き添いで行っているのに、自分もはまってしまっている。週末に息子と二人で行くだけでなく、保育園の息子の友達（＋その父親）と一緒にやりに行ったりもするので、毎週そこそこのお金が飛んでいく。

最初は楽しませてもらっているのだし、と自分を納得させていたのだが、どんどん増えていくタグを見ているうちに、これは子供の遊びとしては、ちょっと度が過ぎているのではないかと思うようになった。でも息子は楽しみにしているし、何よりも自分が息子の喜ぶ顔を見たがっている。

そうなると頭に浮かんでくるのは、課金し続けることを正当化する言い訳だ。二人でお茶をしに来たと思えばいいじゃないか、とか、一緒にゲームをしてくれるのなんて、あと何年だ？　とか、毎週のように違う言い訳を考えてしまう。

作り手と受け手の良好な関係、などと余裕ぶったマナーを口にしていたのが恥ずかしい。自分を正当化し始めてからが本当の課金だと今は思う。まぁそれの何がいいのかと言われたら答えに詰まるのだが、とりあえず今週末も息子と行く予定なので、それを楽しみに仕事をしている。

テレビのマナー

青山七恵

子どものころ、宿題もせずだらだらテレビを観《み》ていると、親に「テレビに観られるなっ!」と怒られた。

いや、観てるのは私だっ! と内心で言い返しつつ、呆《あき》れていた。大人はわけのわからないことを言うものだと。ところが大人になったいま、私は毎日テレビに観られている。

朝起きると、とりあえずテレビをオン。帰ってきてもとりあえずテレビをオン。テレビ前のテーブルに新聞を広げ、あー疲れた、とぼやくひとときが一日で一番ほっとする時間だ。ただ、紙面の小さな文字を追うにつれ、今度はテレビの音が邪魔になってくる。なので消音ボタンで音だけを消す。新聞からちらりと目を上げたとき、何かおもしろいものが映っているかもしれない。それを見逃したくない。テレビの絶え間ない誘惑から逃れられない。テレビに観られるな、とは昔の大人はいいことを言ったものだ。

一昨年に引越してからなぜか録画機能がうまく働かず、観たい番組はリアルタイムで観るようになった。いまはインターネットの見逃し配信というものがあるけれど、パソコンの画面で観るテレビ番組にはなんというか……ありがたみのようなものが薄い。たぶん、自分で早回しや巻き戻しができてしまうからだと思う。一方、テレビの画面でリアルタイム視聴する番組は、番組の進み方にこちらを合わせるしかない。トイレに行くのもかゆみ止めを取りに行くのも、コマーシャルになるのを待ってから。この、人間ではない何かに合わせてせっせと身を動かす感じが、そこはかとなくみじめで、どういうわけだか快い。

十代のころはドラマが大好きだった。当時は恋愛ドラマの全盛期で、毎晩、誰かと誰かが恋に落ちて、泣いたりわめいたり、ごねごねともめくりかえっていた。やがてそのような狂騒にふと醒《さ》める瞬間が訪れて、以来テレビじたいもあまり観なくなった。でもここ数年で、遡上《そじょう》する鮭《さけ》のように時代の空気に逆らい、テレビがまた私の生活に戻ってきてくれた。今晩あれが観られるぞ、というお楽しみがあるだけで、一日一日がそれだけ耐える甲斐《かい》のあるようなものに思えるから不思議だ。

テレビに夢中になっていると、ひとりごとが増える。ええっ！　うっそー⁉　そうだそうだ！　いやそれは違う！　などと、テレビに向かって話している。いい歌が聞こえてくると、一緒に熱唱する。グルメ番組によだれを垂らし、迫真の演技に涙し、かわいい猫が映るとにゃーんと呼びかける。私を観ているテレビは、私をおもしろがってくれているだろうか？

風呂場のマナー

戌井昭人

家に風呂はあるが、よく銭湯に行く。父が銭湯好きで子供の頃から連れて行かれていたのもあるが、大きな湯船につかり、高い天井を眺めるのは、なんとも心地が良い。さらに夕方、窓から光が差し込んでいると贅沢《ぜいたく》極まりない気持ちになれる。

台東区に住んでいた頃は、まわりに銭湯が多くあって、「今日はどの銭湯に行こうか」と考えるのが楽しみだった。いまでも用事があって出かけるときは、その街にある銭湯を調べ、約束の時間より早めに行き、ひと風呂浴びる。夏は常にタオルを持ち歩き、銭湯を見つければ、汗を流せるようにしている。

このように銭湯好きの私ですが、銭湯にはマナーが色々あって、守れないと常連のおじさんに怒られたりする。かつての自分も怒られたことが何度かあった。

銭湯のマナーでまず大事なのは、湯船に入る前に体を洗うことだ。丹念に石鹸《せっけん》で洗わなくても良いが、掛け湯などをして、必ず身体の汚れを落としてから入浴する。「そんなの一般常識」とおっしゃる方もいるかもしれないが、実は最近これを守れていない人が多い。街の銭湯だと、そのような愚行をする者がいれば、怒られてしまうだろう。しかしホテルの大浴場や健康ランドでは、脱衣場から、そのまま湯船に直行してくる人がたまにいる。これは絶対に止《や》めて欲しい。気持ちよく湯船につかっている人々のテンションが一気に下がってしまう。

タオルを湯船につけるのも禁止だ。以前、タオルを湯船に浸し、さらに絞っていた男が、常連に注意され、喧嘩《けんか》になり、銭湯の主人も出てきて大騒動になったことがある。もちろん注意された男が悪いのだが、銭湯で喧嘩をするのも禁止だ。床のタイルは硬くて危険だし、カランの出っ張りも危ない。さらに怒鳴《どな》り声が響くと、平和な雰囲気が台無しになってしまう。タオルを湯船につけないといえば、思い出深い人がいる。地元の銭湯では、常にタオルを腰に巻いている人がいて、私は「絶対見せないさん」というあだ名を勝手につけていた。その人は湯船につかるとき、体をかがめながら、腰に巻いたタオルをサッと取るのだが、その早技が素晴らしくて、絶対にイチモツを見せないうえに、絶対にタオルを湯船につけないという気概に感心していた。


忘れがちなのがシャワーの浴び方だ。たまにシャワーを自由自在に浴びて、水をあっちこっちに飛び散らせている人がいるが迷惑だ。私も若い頃、これを何度かやって怒られたことがあるので、気を使ってシャワーを浴びている。風呂からあがり、脱衣所に行く前には必ず体を拭くこと、脱衣所をびしょびしょにするのは迷惑極まりない。

ルールの多いように感じる銭湯だが、すべて一般常識なので、これさえ守れば快適な銭湯時間をすごせるはずだ。

銭湯のマナー

小川糸

銭湯に通うようになって、久しい。近所に、いい銭湯がある。いわゆるスーパー銭湯というやつで、天然の温泉が楽しめるのだ。絶景ではないが、一応露天風呂もある。

平日は夕方、銭湯で汗を流す。冬場と夏場では行く時間帯が多少異なるものの、大体午後四時半前後になると、いそいそとお風呂支度をして、銭湯に向かう。それまでに、夕飯の支度をほぼ終わらせておき、銭湯から戻ったらすぐに食べられるよう整えておく。これがわたしの日課である。

ストレス発散、健康維持、肩こり解消と、銭湯はいいことずくめで、もはやわたしの暮らしから銭湯の習慣が取り上げられてしまったら、途方に暮れてしまう。実際、新型コロナの自粛期間中、この銭湯が閉鎖されてしまった時は、途方に暮れるどころの騒ぎではなかった。そのくらい、銭湯はわたしの日常生活に密着している。もはや、銭湯通いのない毎日など、考えられない。

銭湯に行ったら、まずかけ湯をし、それからサウナへ直行する。普通のサウナと塩サウナとミストサウナと三種類あり、わたしが贔屓《ひいき》にしているのは塩サウナだ。

サウナは大好きなのだが、日本のサウナで一つだけ文句を言いたいのは、かなりの確率でテレビが付いていることだ。大抵は、ワイドショーなんかが映し出されている。それがわかると、わたしはそそくさとそのサウナを出る。

サウナでは、リラックスしたいのだ。でも、テレビがかかっていたら、リラックスできない。何も、サウナに入ってまでテレビを見なくてもいいのになぁ、と思う。そう思うが、世の中にはサウナで汗を流しながらワイドショーを見たいという人もいるのだろう。

サウナで一通り汗をかいたら、シャワーブースに移動して、髪の毛や体を洗うのだが、問題はこのシャワーブースである。みんながシャンプーや洗面器、椅子などを所定の位置に戻し、自分の使った場所に最後さーっとお湯を流すだけで、次の人も気持ちよく使えるのだが、中にはそうでない人もいる。洗面器にお湯をためたまま行ってしまったり、髪の毛が残っていたりすると気分が萎える。ただ、元の姿に戻すだけでいいのに。

体が綺麗《きれい》になったところで、最後、露天風呂で締めるのがわたしのいつもの流れだ。薄暮の空を眺めながら、あぁでもない、こうでもないと自分自身と会話したり、銭湯仲間と世間話に花を咲かせたり。

わたしには、名前も職業も年齢も知らないが、けれどその人の裸だけは知っているという風呂友が何人かいて、毎日のように顔を合わせ、ちょっとした会話を交わすことが日々の楽しみになっている。

銭湯というのは、つくづく社交の場だ。裸同士の付き合いが、世の中の機微を教えてくれるのである。

掃除のマナー

白岩玄

掃除が好きだ。誇張ではなく、三度の飯より好きだと思う。暇があると、すぐにどこかを片付けたり、きれいにしたりしている。

主な仕事が「創作」という、時間をかければ必ずしも良くなるものではないせいか、やった分だけ確実に成果の出る掃除が気づいたら好きになっていたのだ。

おかげで家の中は、散らかっているときがほとんどないくらい、いつもきれいだ。我が家には六歳と三歳の子どもがいるが、どれだけ散らかしても数時間後にはリセットするし、家に遊びに来た人にも「よくこのきれいさを保てるね」と感心される。

本当に、ただただ掃除が好きなのだと思う。散らかっている部屋を見ると、きれいにできる嬉しさでうずうずしてしまうくらいなのだ。


そんな自分が、掃除をする上で守っているマナーがある。好きでやっていることだからこそ、一緒に住んでいる家族に、きれいな状態を保つことを強要しない、ということだ。

たとえば、家を片付けたばかりのときに、子どもがブロックをしたいと言ってきたら、たとえ再び散らかることになったとしても、収納ケースに入っている大量のブロックを、遊びやすいように全部出させる。さっききれいにしたばかりなのにという気持ちをこらえて、自分から盛大にぶちまける。そうしないと、掃除をしたことによって、思いっきり遊べなくなるという窮屈さを子どもに強いていることになるからだ。

家がきれいだとしても、そこで過ごしている人が窮屈さを感じていたら意味がない。これは旅行をしているときに感じたのだが、ホテルや旅館の居心地の良さというのは、掃除や片付けをしなくていいこと以上に、きれいに使うことを強要されないのが大きいと思うのだ。お金を払っているのだから当然かもしれないが、あの居心地の良さを家の中で再現できたら最高ではある。

そう思って、散らかしたり汚したりすることを、むしろ推奨するような気持ちでいたら、家族から（特に妻から）よく感謝されるようになった。たぶん家というのは、きれいな状態を保つことより、窮屈ではないことが重要なのだろう。だから多少散らかっている方が落ち着くという人がいるのもわかるし、誰かと暮らしている場合は、その辺りの感覚が合わないときついだろうなとは思う。

とはいえ、好きでもないのに仕方なく掃除をやっている人にしてみたら、なんでこっちが他人の窮屈さまで考えねばならんのだ、と不満を言いたくもなるだろう。それは本当にその通りなので「たまには代われよ！」と家族に怒鳴ってもいいと思う。僕も、もし掃除が嫌いだったら「それがしてもらう側のマナーだ！」と書いていたかもしれない。

消しゴムのマナー

松家仁之

原稿を送ると、数日でゲラが出る。新聞の紙面でいえば、文字だけが組まれていてイラストや写真が入る前の状態。ゲラの語源は手漕《こ》ぎの軍艦「ガレー船」だという。活字で文字を組んでいた時代、植字工が原稿にしたがってつまんで集めた活字を手持ちの小箱に並べていたのだが、この箱を「ガレー船」に見立てたことが由来らしい。アメリカ人は「ギャリ」と発音する。寿司屋の「ガリ」に聞こえてちょっとおかしい。

誤字誤用のチェックや事実確認をした校正者は、疑問点を鉛筆で書き入れる。明らかな誤植は赤のボールペンで赤字として書き込む。

編集者は校正者とは別の視点で疑問や提案を書くのだが、これは黒の鉛筆で。十数行分まるごと削除というような非情な提案もある。けれど、それを鉛筆で書き込むのは、「消してもらってＯＫ」という間接的な表現でもある。

書き手は疑問を解決しながらゲラを直す。私は直しが多いので、赤字を書くスペースをつくるために、解決した鉛筆書きの疑問はコシコシと消してゆくことになる。

消しゴムにもマナーがある。ひらいた左手で紙を平らにおさえ、その人差し指と親指のあいだあたりで消しゴムを小刻みに動かす。こうすれば鉛筆の濃さ薄さ、紙質にかかわらず、せっかちに強くこすっても、紙がグシャっとなったり、破れたりしない。……と、小学校に入学した息子に使い方を伝授する伊丹十三《いたみじゅうぞう》のテレビCMが昔あった。以来、伊丹の愛用する白いプラスチック消しゴムを真似して使うようになった。包装を解いたおろし立て、角がきりっと四角い消しゴムを使うときの感触はいまもうっとりするほど好きだ。

ところがである。長篇《ちょうへん》小説の分厚いゲラは別として、短めの原稿のゲラは、いまやほとんどメールで送られてくる。プリントアウトしたゲラに書き込まれた鉛筆の疑問は、消しゴムで消すことができない。

さらに、赤字にも革命が起こった。消えるボールペンの登場である。軸の頭部についている専用ゴムで書いた文字をこすると、そこに生じた摩擦熱でインクが透明になる。見事に赤字が消えるのだ。書き手も編集者も、おそらく校正者も、もはやこれを手放せない。いまでは世界的ヒット商品となっているらしい。

こうして出版界では消しゴムの出番が激減した。消えるボールペンの発明はしかし、消しゴムで消す動作、そのとき発生する紙面の熱がヒントになっている。先人の知恵があってこそ生まれたもの。誰も消しゴムに足を向けて眠れないはずである。

小さな団子状になってしまった消しゴムが、白い肌に鉛筆の黒鉛をたくさんつけて、今も目の前に黙ってころがっている。わが身を削る消しゴムは、紙の行く末と一心同体であることを知っているようだ。

習い事のマナー

青山七恵

習い事が好きだ。

お金と時間が無限にあるならば、習い事だけをして生きていきたい。毎朝新聞と一緒に届く折り込みチラシの束のなかに、カルチャーセンターのチラシが入っていると、胸が高鳴る。一覧になっている講座を端から端までじっくり眺めて、これもやりたい、あれもやりたい……と丸をつけるだけつけてみて、ふとむなしくなる。こんなにもやりたいことがあるのに、お金も時間も自分の命も有限であることを思い出して。


子ども時代にはそろばん教室とプール教室に通っていた。正直好きで通っていたわけではないけれど、暗算ができるようになったし、めったなことでは風邪をひかなくなったし、親に感謝せねばならない。一番長く続いたのはピアノ教室だった。実家のすぐ近所に、自宅で教室を開いている先生がいて、小学一年から中学三年まで毎週水曜日の夕方三十分、九年間ピアノを習った。ここでも私はさほど熱心な生徒ではなく、九年間習ったわりにたいして上達はしなかったものの、練習不足をごまかす力と音楽を愛する心はよく育った。

ピアノの次に長く続いた習い事は、二十代の終わりに始めたタップダンス。これは八年続いた。八年通ってもピアノと同様人前で堂々と踊れるようにはならなかったけれど、靴でリズムを奏でて踊るのは本当に楽しかった。コロナ禍で二年ほどレッスンをお休みしてしまっているあいだ、徐々に体が重くなり姿勢も悪くなり、これはまずいと一念発起して、このたびマンツーマンのピラティス教室に通うことにした。

二年ぶりの習い事だ。まず、先生、と呼べるひとがいることが嬉しい。できないことが少しずつできるようになっていく過程もおもしろい。とはいえ、なまったからだに一時間のレッスンはかなりこたえる。背中を思い切り反るポーズでは背骨が折れそうになり、肩甲骨を開くポーズでは肩が取れそうになり、腕の内側を伸ばすポーズでは、手首の血管が切れそうになる。ただ、どんなに「もう無理！」と悲鳴をあげても、体は意外に丈夫なものらしく、背骨は折れないし、肩は取れないし、血管も切れないのである。

教室で、これまで意識もしなかった体の部位を動かそうと奮闘するたび、当たり前に生きてきた自分の体を少しも知らなかった、と実感する。思えば楽器もダンスも、呼吸と動きの複雑な組み合わせの技だった。習い事をすると、できないこと、知らないことが多すぎて愕然《がくぜん》とする。傲慢《ごうまん》に傾きかけていた心が謙虚になる。私は、何もかもがまだまだなのであり、一生こうしてまだまだのまま、習い事の森を永遠に彷徨《さまよ》い続けたいのである。

趣味だから楽しめばいい、というマナー

温又柔

中国語を勉強することが好きだ。二十年来の趣味と言ってもいい。いや、勉強、というよりは、復習といった方が正確だ。と言うのも私は、何年も同じテキストを、数冊、使いまわしている。しかもそのほとんどは、初歩的な入門書と、上級者用の難しいテキストの間に位置する中級者向けのものばかり。

私の中国語のレベルは、いつもだいたい、この辺りだ。

中国語教育者である相原茂さんの「名言」を拝借すれば、まさに私は「さまよえる中級人」なのである。

思えば、台湾人である両親や親戚たちの声を通して、赤ん坊の頃から私は、中国語に非常に親しみを感じてきた。三歳ぐらいまでは、自分でも喋《しゃべ》っていた。ところが日本の小学校に通って、日本語で文字の読み書きを覚えると、喋る方も日本語がメインとなった。両親や時々会える台湾の親戚たちに話しかけられても、以前のようには中国語がすぐ出てこなくなった。それがもどかしかったのもあって私は、小学校の高学年ぐらいの頃には、大きくなったら中国語を勉強したい、と思っていた。

機会は十七歳の頃に訪れた。通っていた高校で「第二外国語」の一つとして中国語を教えていたのだ。私はもちろん、履修した。

「マーマ、マー、マー（お母さんが、馬を、叱った）！」

日本人の同級生たちと声を合わせて、中国語をきちんと発音するための、基礎の基礎とも言える部分を練習するのが、高校二年生の私はとても楽しかった。

雲行きが怪しくなったのは、大学生の頃だ。

「その程度の中国語しかできないの？」

留学先の上海では、中国人や台湾人からはもちろん、私よりも中国語が上手な日本人にすらそう言われて、何度も落ち込んだ。自分としては相当頑張ってるつもりなのにこちらが台湾人だと知られた途端、その割には下手なんだね、とみなされる。いっそ私も日本人ならよかった、とよく思った。台湾人でなければ私も、中国語がよくできるのは当然だと思われずに済むのにな、と。日本人の同級生たちが現地の人に褒められて、

「なあに、僕の中国語なんて、まだまだですよ」

と言うのを何度か目撃して、とうとう私は、頑張るのをやめた。褒められなくても、気にするものか。ただし、貶《けな》されたら堂々と言い返そう。

「私は、日本人みたいなものです。日本人だと思えば、私の中国語もなかなか上手な方だと思いませんか？」

そう開き直ってからはずっと、日本育ちの台湾人として、永遠のさまよえる中級者として、気が向くたびに、中国語の「復習」を楽しんでいる。

もったいないのマナー

祖父のマナー

戌井昭人

母方の祖父は世田谷区で八百屋を営んでいた。終戦後、中国大陸から戻ってきた祖父は、明け方からリヤカーをひいて、二時間かけて市場に行き、野菜を仕入れて路上で販売していたそうだ。そして数年後、ようやく店を持つことができた。

祖父は戦地で食べるものが無くなり、ベルトの革を齧《かじ》って飢えをしのいでいたことがあると話していたくらいだから、無駄や贅沢《ぜいたく》なことが大嫌いで、「もったいない」が口癖の頑固者だった。そして「もったいない」が過剰になり、よくわからないマナーや決まり事をたくさんつくっていた。

あるとき祖父の家に行くと、庭の木が白くなっていたので、白いボケの花でも咲いたのかと思い近づいてみると、枝の白いものはすべてティッシュペーパーだった。祖父は鼻をかんだら、それを広げて庭の木の枝に引っ掛けて乾かし、もう一度使っていたのだ。

私は子供のころ祖父と同居していたので、祖父の決まり事にいろいろと振りまわされてきた。

その中に、テレビチャンネルのマナーがあった。当時のテレビはダイヤル式で、チャンネルをぐるぐるまわすモノだった。それを1チャンネルから2チャンネルそして3チャンネルと順番にまわさなくてはならないと、あるとき祖父が言い出した。つまり1チャンネルから12チャンネルに逆まわしするのはご法度だ。いちいち数字の順番にまわさなくてはならない。祖父が言うには、その方が電気代の節約になるということだった。本当なのかいまだにわからないが、きっと誰かが祖父に吹き込み、節約命の祖父が実践することにしたのだろう。たまに祖父の前で逆まわしすると、「なにやってんだ！」と本気で怒られた。しばらくしてテレビがボタン式（リモコンではない）になったとき、これで順番にまわさなくてよくなったと私は喜んだ。

一緒に食事をしているときは、もちろん食べ残しは許されなかったし、飯粒ひとつが茶碗《ちゃわん》についているだけで怒られた。またうちでは、八百屋の売り物で腐りかけたものを持って帰ってきて、その野菜や果物を食べることになっていた。腐っているといっても、そのまま食べるのではなく、腐った部分を切ってはじくのだが、それでも美味しくはない。果物は大概苦かった。友達の家に遊びに行ったとき、メロンが出てきて、「苦くて、不味《まず》いんだよな」と思って嫌々食べたら、甘くて驚いたことがある。それまで私はメロンの甘さを知らない子供だった。

このように祖父による、もったいないマナーの元で育ったわたしは、いまでもいろいろと物が捨てられず、食べ残すことができない。そして、金庫や郵便受けにダイヤルがあると、数字の順番にまわしたくなってしまうのだった。

古民家修繕のマナー

服部文祥

廃村に建つ古民家を手に入れて二拠点生活をしている。山登りがライフワークだったので、もともと田舎暮らしには強い憧れがあった。

だが実際には、子どもが三人いる生活（繁殖活動）を維持するためと自分に言い訳して、首都圏で月給をもらう生活を続けてきた。メディアなどで目にする田舎暮らしになんとなく違和感を感じていた面もある。

子どもが大きくなって繁殖活動のゴールが見えたこと、魅力的な物件の持ち主と知り合いになる縁に恵まれたことが重なって、二〇一九年からぼちぼち田舎暮らしを開始した。譲り受けた当初、廃屋同然の古民家の縁側に座って、どこから手をつけようか思案していたときに、ずっと引っかかっていた違和感の正体がチラリと見えた。地方に残された古い家に住んでも、その生活を維持するのにお金がかかってしまうなら、それは立地が田舎になっただけで街の生活とかわらない。生活を維持するためにお金を稼がなくてはならず、お金を稼ぐための効率を知らず知らずのうちに優先させてしまう。

私が漠然と憧れていたのは、見た目が古民家風の現代的別荘暮らしではなく、現金がなくても生活できる登山と同じ時間だったのだ。

現在、その古民家では、水道は湧水から引き、燃料はカマドもストーブもすべて薪《まき》、明かりはソーラーバッテリーでまかなっている。いわゆるライフラインにはお金をまったく払っていない。タンパク質は狩猟で調達し、畑もやっているので、生活のために日常的に購入するのは穀類とチャイ用の牛乳と調味料だけである。

家の修繕もできるだけ、材料を買わず、現地調達するように心がけている。

つい先日、家の土壁を修繕するべく、壁に貼られた真っ黒の新聞紙をそっとはがしたら「大正五年八月」という文字が見えた。譲り受けたときに家主さんから聞いた築年数は、よくわからないという前置きで、「昭和に入ってからじゃないの？」というものだった。

母屋の構造や使われている材から、建ったのは昭和期よりずっと前だと思っていた。柱や梁《はり》、土壁、石垣などをよく見れば、すべての材がよそから運ばれてきたものではなく、家の周辺で調達されたものだとわかる。材は横引き鋸と槍鉋《やりがんな》で大雑把に製材され、土壁の土も庭土と同じ。古い新聞をわざわざ取っておいて、壁の修繕に使うとは思えないので、大正五年にはこの家は建っていたのだ。

まだ車道もなく、職人さんたちが刃物を背にこの村に登ってきて、周辺から材を調達して建てた家である。いま修繕するにも同じようにするのが、この家に対するマナーなのではないかと思っている。

料理のマナー

小川糸

例えば、ほうれん草のお浸しと茹《ゆ》で卵を作りたい時。小さめの鍋に湯を沸かし、まずはほうれん草に火を入れる。時間と気持ちに余裕があるなら、ほうれん草は、葉っぱと茎の部分に分ける。別に、大きな鍋で一度に火を通す必要はない。鍋に入るちょうどいい量に分け、何回かに分けて熱湯にくぐらせれば、お湯は少ない量で済む。お湯に通してくたっとなったほうれん草は、その都度、ザルに引き上げておく。

ほうれん草の湯通しが終わっても、ザーッとシンクにお湯を捨てるのはご法度だ。せっかくお湯が沸いているのである。このお湯で、今度は茹で卵を作る。卵は殻に覆われているのだから、多少お湯がほうれん草の色に染まっていても、めくじらを立てるほどの問題はないはずだ。

こうすればひとつの鍋で、ほうれん草のお浸しと茹で卵、ふたつの調理が済んでしまう。

人間に限ったことではないが、生きるためには食べないと命を養えない。けれど、食べるとは、他の命をいただくこと。だから、その命に少しでも報いるため、命を粗末に扱うことなく、感謝しながらいただきたいと思っている。

水だって、地球からのかけがえのない贈り物。だから、料理する時は、なるべく無駄を省き、もったいないことをしたくないのだ。ちょっとした工夫をすることで、わたし達ができることはまだまだあるはずだと思っている。

わたしの中で、「始末の料理」と呼ぶジャンルがある。その代表作が、昆布の佃煮《つくだに》だ。わが家では昆布と鰹《かつお》で出汁《だし》をとり、それを冷蔵庫に常備しておいて料理に使うのだが、そうすると、結構な量の昆布を使う。出汁を引いた後の昆布にもまだまだ旨《うま》みが残っているので、それを甘辛く炊いて、佃煮にするのである。

作り方は簡単で、出汁を引いた後の昆布を正方形に小さく刻み、まずはそれを土鍋に入れて、弱火でコトコト出汁で炊く。なんとなく柔らかくなってきたら、みりんと醬油を加えて、味を含ませていく。

途中、山椒《さんしょう》の実を加え、更にコトコト。完全に火が通ったら、最後に七味唐辛子と鰹節を加えて完成である。これが、実においしい。ご飯のお供に、最高なのである。

時間はかかるが、ただ鍋を火にかけておけばいいだけなので、実際の手間はたかが知れている。そして、何よりも嬉しいのは、食材を無駄にすることなく使い切ったこととの爽快感を味わえることだ。せっかく昆布の命をいただくのだから、出汁を引くだけではもったいないのである。

わたしは、こういう小さな努力や工夫次第で、地球への負担をちょっとでも減らすことに貢献できるのではないかと信じているのだ。食材を無駄にしないことは、料理する上で最低限のマナーであると。

弁当箱のマナー

小川糸

　旅支度の際、真っ先に用意するのはお弁当箱だ。小ぶりなサイズの曲げわっぱは、秋田杉で作られたもの。ベルリンに住んでいた頃はもっぱらお櫃《ひつ》代わりとして使っていたのだが、日本に戻ってからは旅の心強い相棒になった。

　もともと、旅先にお弁当を持って出かけることが多かった。混む時間帯を避け、しかもある程度行き先での時間も楽しみたいと思うと、家を出るのはお昼前が多くなる。

　もちろん、駅や空港に行けば市販のお弁当がよりどりみどりで、それはそれで旅の楽しみの一つだけれど、いかんせん、わたしは保存料などの添加物に弱く、すぐに体に影響が出てしまう。市販のお弁当の中から無添加のものを探すのは一苦労で、近頃は最初から家にあるものを適当に詰めて、移動中にそれを食べることが多くなった。

　もちろん、空っぽのままハンカチに包んで持っていくこともあるし、果物やおやつを入れて道中の楽しみにすることもある。

　お弁当箱が最大の威力を発揮するのは、宿泊先で出される朝ごはんの時だ。わたしは普段、朝食を食べないので、旅館に泊まっても、なかなか全部を食べ切ることができない。そんな時は、曲げわっぱの出番である。

まず、朝ごはんの内容をざっと見渡し、何をお弁当に詰められるか品定めする。この基準でいうと、典型的な日本の旅館の朝ごはんほどありがたいものはない。まずは白いご飯を曲げわっぱに敷き詰め、その上に海苔《のり》をしき、その上にシャケの焼いたのでものせられたら御の字である。あとは、水気の出ない、梅干しやら沢庵《たくあん》やら卵焼きやらをちょこちょこと間に詰め、完成だ。

曲げわっぱに詰められないお味噌《みそ》汁など汁系のものだけ、朝ごはんとしていただく。

ご馳走《ちそう》様をする頃には、目の前に並んでいた朝食が綺麗さっぱり片付いていて、気分がいい。旅館で出される朝ごはんが食べきれず残さざるをえなかった問題が、これでようやく解決できるようになったのである。

お昼時、どこか景色のいい場所でお弁当を広げる。曲げわっぱが適度な水分を吸収してくれるので、ご飯がますます美味しくなっている。多少自分の舌に合わない味のおかずでも、こうやって自分のお弁当箱に詰めてしまえば、馴染《なじ》んだ味になるから不思議だ。

ただし、お弁当箱ならなんでもいいという話ではない。同じ内容でも、プラスチックの容器に入れたのでは、興醒《きょうざ》めしてしまう。

今、地球には、プラスチックゴミが溢《あふ》れ、大変なことになっている。食品ロスの問題だって深刻だ。だからこそ、声を大にして、旅のお供に曲げわっぱを推薦したい。これぞ、身近にできるＳＤＧｓだ。一人に一つ、曲げわっぱを是非。

縄文から続くおしっこのマナー

恩田侑布子

昔なら一度曲がればドアの前だったのに、近ごろはまるで遊園地の迷路のよう。右へ曲がり左へくねり、また右に折れ、正面の鏡を回り込んでやっとのことで辿りつく。

これは非日常や豪華さの演出なのか。単なる痴漢よけなのか。いえいえ。おもむろに曲がりくねる入り口に、機能本位ではない日本の美意識があるのかもしれない。その女子トイレは今やどこも洋式だ。

「座っちゃだめよ。スクワットの要領で腰を浮かすのよ」。きれい好きな友に中腰を勧められた。試みてみたもののリラックスタイムが台無しだ。気にしないことにしよう。間接キスならぬ間接太もも密着に甘んじる。入り口は遠くして、一皮むけば人との近さよ。

非日常は入り口だけではない。密室には「音姫」様が待っている。なんというネーミングの天才だろう。水を二度流しするムダも省け、竜宮城にいる気分でナマ音源も消せるときている。

といいつつ、音姫様とは無縁だった高校時代もなつかしい。女の子だって連れションをした。わたしもユキちゃんと一緒にトイレに行った。互いにバタンとドアを閉める。のろまがパンティーも降ろさないうちに、隣から清流の音がシャーッと高鳴った。天衣無縫。それはよく泳ぎにゆく大井川上流の笹間の瀬音のようだった。小股の切れ上がった彼女は上級生からも人気があった。

曲がりくねって着くトイレには文字がおどる。押しボタンやセンサーには、大小の字や「手を近づけると流れます」という表示。「お願い」の掲示も並ぶ。「トイレットペーパー以外のものは流さないで」「便座の上に跨《また》がらないで」。流そうとしている人や、両足で乗っかっている人の絵に、通行止めの赤い標識がかぶさる。「喫煙はご遠慮ください」「お忘れ物・貴重品にご注意ください」。かゆいところに手が届く。「きれいにお使いいただきありがとうございます」。お礼までいわれる。

春立つ日にパリに行った。入ったトイレにはみな共通項があった。拭き清めたように一切の文字がなかった。大小の円形ボタンを収めた壁は天井まで密閉され、音姫様のすみかもない。ミニマル・アートばりの無駄のない美に打たれつつ、個人社会の自立の厳しさを思った。ばかていねいな世話焼き文と絵に埋まった日本の秘所に里心が湧いた。

トイレ一つにも視線をさ迷わせる縄文のめくるめく感性が息づいている。縄文人は森で楽しく排泄《はいせつ》したにちがいない。わたしも西天城山系の橅《ぶな》の森でおしっこをしたことがある。積年の落葉は谷間をあたたかく埋め尽くし、足のうらは羊雲を踏むやわらかさ。火色をしずめた茜《あかね》色の数限りない葉っぱの迷宮に音もなく尿《しと》は吸われていった。

贅《ぜい》を尽くすということばは、この一瞬のためにあるのかと思った。

レトロのマナー

宮内悠介

ネットオークションで一九八四年のコンピュータを買ってみた。MSXという規格のもので、子供のころには、それでプログラミングを覚えたのだ。いまも、世界各地に根強いファンがいる。届いた。昔欲しかった、赤くてかわいいやつである。不思議と、こういう機械は昔のほうがかわいいやつが多い気がする。

ジャンク品なので動かない。そこで修理を試みる。今回は、修理そのものが目的だ。いまどきのスマートフォンとかは、故障とあれば交換となる。でも、昔の原始的なやつであれば修理もできるかもしれない。電子回路は苦手で、あまり勉強してこなかった。だからこれを機に、ちょっと覚えてみようというわけだ。

それに、将来文明が崩壊したら、コンピュータはこういう原始的なやつが使われるようになるかもしれない。ぼくはSF小説でデビューしたので、文明の崩壊には備えおかなければならない。

古い機械はハンダが割れていることがあるので、まず基板を目視する。とてもきれい。蓄電器の液漏れを確認する。大丈夫。電源を入れると、各部品に必要な電圧は届いている。それぞれの部品の仕様は、ウェブでデータシートというやつを検索すればわかる。

記憶素子の故障だろうとあたりがついたので、ウェブで取り寄せた。8キロバイトのものを四つ、計32キロバイト。ツイッター（現・X）のアイコンが最大2メガバイトなので、なんとその64分の1の容量である。嘘《うそ》みたいだけれど、何度計算してもそうなる。

古い素子を抜く際、基板の回路を壊した。ハンダの扱いに慣れない初心者がよくやるやつである。通常ならここで諦める。でも、今回はかわいい機械を動かしたいので、頑張って修復する。

いつになく細かい作業をするぼくを見て、ものを大切にして偉いと妻が言う。確かに、ものを大切にする心が戻ってきている。いまは買い替えがほとんど前提なので、ものを大切にしようとしても、社会の仕組みがそれを許してくれなかったわけだ。

記憶素子を交換して、やっと直った。青い起動画面はなかなかに感動的である。ついでに、ほとんど効かないキーボードをメンテナンスする。これはテレビのリモコンを修理する動画を見てやりかたを覚えた。そもそも、リモコンを修理しようという発想がなかった。さらに黄ばんだプラスチックを漂白剤に浸けて日光にあて、欠けているキーは自作する。人類が火をおこすことを覚えたころに戻ったようで、なかなかに楽しい。

通常、レトロ趣味には懐古以上のものはないだろう。最先端もキャッチアップしていかないと、袋小路に陥るはずだ。でも、こういう趣味には失われがちな原始の何かがある。もしかすると、レトロ趣味の背後には、原始を求める本能があるのかもしれない。

気配り上手のマナー

Facebookでお願い、のマナー

温又柔

以前、あるイベントに登壇した時のこと。

「温さんは、日本語と中国語のどちらで話す方が楽ですか？」

と訊かれて、少し寂しくなった。私は、台湾人として生まれたけれど日本語の方が得意だ。だから、「中国語は？」と訊かれると、日本語ができるだけでは自分は不十分だと思われているのだなあ、と切なくなる。それを私は、小説にはもちろんエッセイでも散々書いてきた。それなのにこのひと、私が書いたものをあまり読んでいないらしい。我々のイベントには温さんが絶対に必要だ、と言っていたのに。やはり、是非ともあなたに来て欲しい、と言われて引き受けた某作家さんとの対談では、本番直前の楽屋で、

「いつから日本に住んでますか？」

と訊かれた。そんなの、「三歳の時に家族と東京に移住し」た時に決まってる。事前に、対談相手の「略歴」すら読まないの？　こちらとしては、自分とは異なる分野で活躍しているらしい彼についてそれなりに勉強して当日を迎えたつもりなので、尚更《なおさら》、がっくりした。日本と台湾を繋ぐというコンセプトで創刊された某カルチャーマガジンがインタビューしたいと言うので出かけて行った時は、

「温さんって、本を出してるんですね！」

と言われた。彼らは私と話がしたいのではなく、一つでも多くの、日本に住む台湾人へのインタビューを集めたいだけだったのだ。

今では、よくわかっている。

あるひとたちにとっては、私がどんなものを書いていようが関係ない。自分たちのイベントや冊子の「多様性」や「多文化っぽさ」を彩ってくれる便利な誰かを求めているだけなのだ。ややエキゾチックな響きを感じさせる姓名の持ち主で、かつ日本語が流ちょうなひとなら誰だっていい。

そして彼らにとって望ましい条件を私は備えている。少なくとも、Ｆａｃｅｂｏｏｋで見る限りは。だから今後はＦａｃｅｂｏｏｋ経由の依頼には用心しよう。私は「執筆、登壇、その他お問い合わせは版元経由でおたずねください」とプロフィール欄に明記した。版元を通せば、少なくとも一冊は私の本を、いや、本を読むとまで行かなくても「略歴」ぐらいは読んでくれるはず。

これで、あまり愉快でない経験に遭遇する機会は激減した。

ところが先日また「日本語で温さんが書かれる文章を見かけるたび、とても共感します。今、この時代に、多文化を謳《うた》うことの重要さをめぐる対談をお願いしたいのですが、いかがでしょうか……」という「依頼」がＦａｃｅｂｏｏｋ経由で届き、やれやれ、となった。「温さんが書かれる文章を見かけるたび」？　まずはどうか、プロフィール欄を「見て」欲しい。

褒め言葉、のマナー

温又柔

小学生の頃、移動式屋台の小さなおでん屋さんが近所によく来ていた。カタコトの日本語でおでんを注文する母や幼い私たちに、物静かなおでん屋さんのご主人は優しかった。ある時、そのご主人に母がきくのだ。「この間、お手伝いに来てたのはお兄さんですか？」。ご主人は顔を綻《ほころ》ばせながら「いいえ、弟なんです」と答える。

あとで、母が言った。

「似てると思ったらやっぱり兄弟だったね。お兄さんですか、と言ったら、おじさん喜んでたね」

おじさんがどうして喜んだのか私には全然わからない。母が説明する。

「そりゃあ、弟さんよりも自分の方が若く見られたので嬉しかったんでしょう」

ふうん、そんなものなのかあ、と思った。その後も、母が、弟さんですか？　とではなく、お兄さんですか？　と言うことで、おでん屋さんのご主人を喜ばせたこの出来事を、私は時々思い出した。大人同士が、お若く見えますねえ、とか、いつまでも若々しいこと、などと言い合っているのを見かけるたび、やっぱりこういうのは褒め言葉なのか、と思ったのだ。だから、年寄りっぽいや、とか、老けてるなあ、と思ってもそのことをわざわざ本人に言っちゃいけないんだなあ、とわきまえた。

時が流れて、私は高校生。父の恩師にあたる方と食事をすることになった。母と私たちと一緒に現れた父を一目見ると、祖父と同世代の彼は父に向かって感嘆の声を上げた。

「いやあ、君も年をとったね」

私は密《ひそ》かに驚く。それって、若く見えるね、の「反対語」だよね？　けれども当の父自身はそう言われて誇らしそうなのである。私は、若いですね、だけが大人にとっての褒め言葉ではないのだと知った。

さらに時が流れ、三十代も半ばになるとさすがに私もわかってきた。ただ単に、お若く見えますね、とか、年を重ねましたね、とか言ったところで、それだけでは相手を褒めたことにはならない。

若々しく生き生きと働いていますね、とか、年相応の貫禄が備わってきて立派になってきたね、というニュアンスが滲《にじ》むから、それが褒め言葉になる。

数年ほど前、「あたし、永遠の三十八歳なの」。

初対面の人からそう言われて、ギョッとしたことがあった。その時、私は三十九歳。相手の実年齢は最後まで教えてもらえなかったけれど少なく見積もってもおそらく五十代半ばだったろう。本人の自己申告では私よりも一つ年下のその人に向かって、お若いですねえ、と言うのはとてつもなく白々しい気がして、私は言葉を失った。自分に嘘をついてまでも、相手が喜ぶであろう「褒め言葉」をひねり出す必要はなかったと今でも思う。

図書館のマナー

宮内悠介

職業が小説家なのでときおり図書館の話題になる。図書館で読まれるとお金にならないので、「図書館で読みました」と著者に言うと怒られるなんていう話も聞く。それはそれで仕方のないことだろう。でも、それと同時に思い出す光景がある。

それが、図書館に足繁《しげ》く通っていた、いまは亡き祖母の姿だ。祖母は大正生まれで、ミステリーが好きで、よく図書館で内田康夫とかを借りて読んでいた。読書家だったと言っていいだろう。いつも、図書館で借りたなんらかのミステリー小説が部屋にあった。

亡くなる少し前、祖母が入院して、いよいよかと見舞いに行ったら、病院の図書館で本を借りて読んでいて、それがやっぱり内田康夫だったので笑ってしまったことがある。図書館と内田康夫は、間違いなく、うちのばあちゃんの寿命を延ばしてくれた。

こう言ってくれるかたもいる。図書館や古書店は著者の応援にはならない。新刊で買うべきであると。それは確かにそうなのだ。新刊で買ってもらえるかどうかは、ぼくにとっても死活問題である。ありがたい。でも、こうも思うのだ。

ぼくはスーパーで買う野菜の代金が、どういうふうに流れていくかを知らない。ぼくたちはあらゆる場面で消費行動をしている。手に取った商品がどのようなビジネスモデルで売られており、どういう金の流れになっており、どうしたら生産者の応援になるか、それをすべて理解するのは事実上不可能であるし、理解を強いるのは酷ではないか。

古書店で本を買ったり図書館で本を借りることは違法ではない。悪いことではないのだ。「図書館で借りました」というのは、確かに、書き手に対する想像力を欠くかもしれない。でも、ぼくたちは図書館で借りる人への想像をちゃんとしているだろうか。

古書店に払われる百円なり二百円なりは、それでも、その人が捻出した、貴重な百円なり二百円だ。時間をかけて図書館へ行くのも、一つのコストである。彼らは彼らで、対価を支払っているのだ。

というわけでぼくのスタンスとしては、どうあれ手にとっていただけるだけでありがたい、ということになる。もちろん新刊を買っていただけるのが一番助かるのだけれど、「図書館で読みました！」と悪意なく、むしろ喜びとともにいってくれる人に、害意など持ちようがない。だいたい図書館も本を買っているし、その前に、図書館は文化だ。

幸せな読書体験というものには、えてして文脈がある。たとえば、憧れの先輩が本を貸してくれた。バイトして高い本を買った。貴重な日曜に丸一日かけて読んだ。「図書館で借りた」もまた然《しか》り。こうした「作者の手の及ばない体験」を、ぼくは尊重したい。

手書きのマナー

青山七恵

創作を教えている大学の教室で板書をするとき、簡単な漢字が書けなくて手が止まることがよくある。このあいだは「排他的」と書こうとして、「排」の字が出てこなくてあせった。左はてへんで、右は横線がたくさんある、というところまでは思い出せるのに、右の縦線横線が頭のなかでぐるぐる絡まってしまう。ひとで言ったらシルエットだけは思い浮かぶのに、顔の造作が思い出せない、という感じだろうか。結局どうしても「拝啓」の「拝」しか思い浮かばず、諦めて「ハイ」とカタカナでごまかした。距離の「距」の字や拒否の「拒」の字もこんな調子でよくこんがらがる。黒板に向かってどうだったたっけ、と焦っている時間、学生の厳しい視線が背中に刺さって痛い。

授業では、時々学生にも手書きで文章を書かせる。ハッとするほど美しい字を書く子もいれば、ほぼ判別不可能な文字を書く子もいる。うまいへたはさておき、一字一字ぐっと力をこめて書いているのが伝わる文字は気持ちのいいものだし、消え入りそうなほどに薄い文字は、書き手の健康状態が心配になる。とはいっても、ひとさまの手書き文字をあれこれ論評できるほど私の書く文字は立派ではない。せっかちな性格がそのまま反映されているのだろう、特に急いでいないときにも、とめ・はね・はらいがつんのめって転がり出しそうな文字を書いてしまう。

子ども時代には、身の回りに手書きの文字があふれていた。筆箱にも体操服にも必ずフェルトペンで名前を書いたし、連絡帳もノートも手書き、教室の後ろには書道の時間に書いた皆の毛筆作品がずらりと貼ってあった。

あの頃は字のうまいへたなんてさほど気にしなかったけれど、大人になってめったに手書き文字に触れなくなってから、改めて美しい手跡に感嘆するようになった。手書き文字自体が貴重だから、いかにも字が上手そうなひとの字が案外そうでもなかった、という状況にもキュンとする。所作の美しいひとが書く小学生のようなぎこちない字も、とても仕事ができるひとが書く極端なクセ字も、ありがたいものを見たという想《おも》いで、頭のなかの文字収集帳にそっと収めることにしている。

もらった手書きのカード類などもなかなか捨てられなくて、中学生のときに友達が男の子からもらったラブレターは、いまだに机にしまってある（彼女は彼のことがそんなに好きではなかったらしく、代わりに私が保管することになった）。この手紙に書かれた文字も決して上手ではないけれど、一字一字、想いを込めて書いたのが伝わる字だ。こういう字からは何年経っても、書き手の魂が抜けない。やっぱり文字は、それを読む誰かへの身を切った捧《ささ》げ物だ。買い物メモ一つ作るにも、漢字の復習も兼ねて、自分の分身を生み出すような想いで書きたい。

待ち合わせのマナー

青山七恵

　待ち合わせをすると、必ず時間より早く着いている友だちと、必ず時間より遅れてくる友だちがいる。

　早く着くほうの友だちは、たとえば十時に待ち合わせをすると、九時四十分には必ず着いている。電車が遅れるかもしれないし迷子になるかもしれないし、不測の事態にそなえて早めの到着を心がけているのだろう。彼女はふだんから、とてもきちんとした人なのだ。待ち合わせ場所に到着したら、すぐに「着いたよ、〇〇の前にいるね」と知らせてくれるのもきちんとしている。「お待たせしてごめんね」と私も返信するのだけれど、このとき正直、ほんのちょっとだけもやっとする。相手を待たせてしまうことにたいして、「ごめんね」の気持ちはごく自然に湧いてくる。でもこの「ごめんね」は、彼女が私に到着を知らせず、約束の時間までそのへんをぶらぶらしたり適当に時間をつぶしてくれていたりすれば、湧き出てこなくてもよかった「ごめんね」なのでは……なんて、みみっちいことを考えているのだ。

　そしてもう一人のほうは、いつどんなときでも、絶対に遅れてやってくる。さすがに何時間も待たされたことはないけれど、約束の場所に到着してからだいたい五分、十分、長くて三十分ほど、私は待ちぼうけをくらう。でも、彼は彼で律儀《りちぎ》なのだ。必ず事前に「○分遅れます。ごめん！」とメッセージを送ってくれる。待たされることは約束をした時点で予感しているので、特に腹も立たないけれど、まったくもやっとしないかといえばそんなこともない。この人は私が一度も遅刻に怒らないので私を「待たせてもいいやつ」認定しているのではないか、つまりは私はナメられているのではないか、などとまた、みみっちいことを考えてしまう。

時間の感覚はなんとなく、その人の生きる速度と関係している気がする。私たちは、同じ一日二十四時間刻みの時間を共有して生きているけれど、その大きな時間のなかに各々の身体をどう組み込んでゆくかは、人によって、だいぶ違っているのではないか。

だから、必ず先に到着する友だちにも、必ず遅れてくる友だちにも、どちらももう十年以上の長い付き合いにはなるけれど、なぜあなたはいつも早く着くのか？　なぜあなたはいつも遅れてくるのか？　と、聞いたことがない。みみっちくもやもやしながらも、そこは否定も肯定もせず、ただ二人の時間感覚を尊重しようじゃないか、と思う。同時に自分にも、なぜおまえは、早く来る友だちに合わせて早く出かけないのか？　なぜおまえは、遅く来る友だちに合わせて遅れて出かけないのか？と聞くこともしない。これまでもこれからも、基本はいつでも五分前到着。私は私の時間でやってゆく。

待つマナー

戌井昭人

　正月や春夏が来るのを待つのは楽しいが、先が見えないものを待つのはイライラしてくる。コロナ禍真っ最中の頃は、収まるのを待っていて、鬱屈《うっくつ》した気分になっている人も多くいた。

　自分はせっかちなので、人と待ち合わせると、待ち合わせ場所に早く着き、結局待つことになる。だがイライラしないようにする。あたりをぶらつき時間を潰すのは意外に楽しい。さらに相手が遅れても「しょうがねぇ」と思う程度だ。携帯電話が普及していなかった頃、相手が遅れると、待ち続けるしかなかった。以前雷門で三時間友達を待ったが、その日の飲み代を奢《おご》ってもらいちゃらにした。当時は今より時間が大らかに流れていた気がする。

　待つのは諦めも必要だ。インドに行ったとき鉄道の切符を買うのに半日待ったが「インドだから仕方ない」と思うことにした。しかし腹が減っているとき、美味しいカレー屋でも並んで待つのは嫌だ。

『ゴドーを待ちながら』という不条理劇がある。題名通りゴドーを待っている二人の男の話だが、ゴドーはなかなかやって来ない。しかし二人は間抜けな会話を繰り返し、それほどイライラしている様子はない。これは見習う所だ。

　太宰治は熱海滞在中に金がなくなり、檀一雄に金を届けてもらったが、一緒に遊んで散財し、金策のため太宰が東京に戻った。檀一雄は人質状態だ。しかし太宰はまったく戻って来ない。業を煮やした檀一雄が東京に行くと太宰は井伏鱒二の家で将棋を指していた。檀一雄は怒ったが、「待つ身が辛《つら》いかね、待たせる身が辛いかね」と太宰は言った。私は「待つほうが辛いに決まってんだろ」と思ったが、待たせる方も心ある人間なら辛いのかもしれない。ただ将棋をやっていた太宰に説得力はなく、そこが面白い。この出来事が後に『走れメロス』になったと檀一雄は書いている。

コロナウイルスが流行しはじめた頃、医療関係者の方がワクチン開発を急いでいて、我々はそれを待つ身だったが、待たせているほうも相当辛かった筈《はず》だ。

「待ち会」というものがある。文学賞の候補になったとき、結果の連絡が来るのを待つ会だ。私は芥川賞の候補に五回なって全て落選しているから、候補の回数だけ待ち会をやっている。一緒にいる編集者の方と馬鹿話をしながら、なるべく待っていることを意識しないようにしていたが、やはり意識してしまう。ここで受賞していれば、全て吹っ飛んで待っていたことも忘れられるのが、何度も落選しているので待つ身の辛さもわかる。

待つ身は確かに悶々《もんもん》とする。だがじっと堪え、待っていないフリをしていれば、いつの間にかそれは終わっているのかもしれない。

妊婦に対するマナー

服部文祥

妊娠と出産が周辺で相次いでいる。世の中に一〇〇パーセント「善」のことなどない。赤ちゃんも「地球を壊す生物がまた増える」という面を持つ。だがそれにしても出産は「善」の割合がかなり多い、おめでたいことだ。「細胞分裂」は私の大好きな言葉だし、新しい仲間が増えるのは理由なく楽しい。

とはいえ、妊娠や出産の報告を聞いたとき「おめでとう」と私は軽く声をかけることができない。山登りをやるものの性根かもしれない。

若い頃、週末に危険な登山を計画していると、その登山を越えた翌週以降の約束を交わすことができなかった。精神衛生上、登山のことを考えないようにしているところに「来週の月曜日にさあ……」などと話しかけられると、週末に越えなくてはならない困難が時系列を無視して怒濤《どとう》のように押し寄せて来て、気分が悪くなってしまうのである。

「週末に計画しているルートがちょっと難しいから、来週の約束はできない」などと言うこともできず、吐き気を抑えながらへらへらと笑って、話をごまかすのがパターンだった。

そんなに怖いならやめればいいと思うかもしれないが、登ると決めたルートに背を向けて生きていく自分はもっと許せない。登山者とはそういう生き物らしい。もし天気が悪ければやめる口実になるのにと思いながら山に向かい、今回は偵察だけでもいいと自分に言い聞かせてアプローチして、試しに少しだけ登ってみるかと取り付き、気がついたら戻るほうが困難な状況になっていて、頭を真っ白にして集中し、完登する。

山も大自然だが、妊娠出産も大自然である。何があるかはわからない。それなのに最近は、高度に発達した現代医療のためか、無事生まれてすくすく育つ前提で話が進んでいく。不注意の事故は回避できても、命や自然には人事の及ばないことがある。一つの命を得るとは同時にそれを失う可能性も付随し、「不意の別れ」も覚悟しなければならない。生と死、出会いと別れは表裏一体、一〇〇パーセントいいことなど存在しない。

そんなことを、できるだけ不吉な言い方にならないように相手に伝えたいと思い、「赤ちゃんや子どもは大自然なので、覚悟を持って楽しんでください」と言うようにしている。無事出産できると決めつけて話をしないこと、出産後の準備を急ぎすぎないこと。これが私なりの妊婦に対するマナーである。

狩猟の師匠が言うにはテンの胆《い》が産後の肥立《ひだち》によいらしい。猟期に獲《と》ったクマ、テン、キツネなどの胆が猟師小屋のカマドの上で干されている。テンの胆とクマの胆にどのような違いがあるのかわからないが、高齢出産の方から優先的にテンの胆を融通するようにしている。

プレゼントのマナー

小川糸

この春高校に進学した年下の友人を連れて、銀座の資生堂パーラーに行った。前回は、彼女が五歳の時で、小学校に入学するお祝いのランチをご馳走《ちそう》したのだ。それが、ふたりで出かけた初デートだった。

自慢じゃないが、これまで誰にもお年玉をあげたことがない。理由はシンプルで、お金に困っているわけでもない家庭の子どもにお金をあげてもあまり意味がないと思うからだ。だったら、同じ五千円でも、経済的に困窮し、今日食べるものにも困っているような子どもにあげた方が、よっぽど有効的である。

お年玉ではないが、私の場合、クリスマスプレゼントがお金だった。幼稚園の頃から、毎年十二月二十五日の朝は、のし袋に入った新札の一万円を母親から手渡された。親としては、自分が最も大切だと思うものを素直に子どもに与えていたにすぎないのだろう。

けれど、私は全然嬉しくなかった。せめて、小学生の低学年までは、サンタクロースを信じさせてくれたらよかったのにと思う。私は、お金よりもプレゼントが欲しかったし、もっと言えば、プレゼントよりも思い出が欲しかった。

幼い子どもに大人が与えるべきは、お金ではなく思い出なのではないか。そんな経験も影響し、私はお年玉をあげない主義になったのである。

五歳の女の子にとって、資生堂パーラーで親以外の人間とふたりだけで食事をすることは、非日常である。彼女は、お子様ランチではなく、自分でメニューの中からハンバーグを選び、それを、何時間もかけて、完食した。

給仕さんがお皿を下げようとするたびに、まだ食べます、と自分で断り、銀製の小ぶりなフォークとナイフを上手に使って、おしゃべりをしながら残さずに食べ切った。

以来、「資生堂パーラー」は彼女にとって特別な場所になった。志望校合格の知らせを受け、彼女にお祝いは何がいいかと尋ねると、また資生堂パーラーに行きたいとのこと。それで、約十年ぶりに銀座の店をふたりで再訪したのである。

あの時、大人の椅子に埋もれるように足をぶらぶらさせながら座っていた小さな女の子が、すっかり大人になり、落ち着いた表情でメニューを開いている。特別な思い出をプレゼントすることができて、大正解だった。

振り返れば、ずいぶん恥ずかしいプレゼントをしてきたものだ。相手のことなど考えず、自分の趣味を押し付けるだけの自己満足も多々あったと反省する。プレゼントだから、すぐに捨てるわけにもいかず、相手を困らせてしまったこともあったに違いない。

だから最近のプレゼントは、もっぱら食べ物だ。自分が美味しいと感じられるものをさりげなく贈るのが、プレゼントのマナーと心得ている。

人生いろいろ
マナー

子育てのマナー

白岩玄

二児の父親であることを公表し、育児エッセイも書いているからか、インタビューなどで「子育てをする上でどんなことに気をつけていますか?」と訊かれることがある。

基本的には、たいしてこだわりがあるわけではない。性別によるらしさの押しつけ（男の子だから、女の子だから）はなるべくしないようにしているが、意識しているのはそれくらいで、むしろ子どもたちから気をつけなければならないことを教えられることの方が多い。

たとえば、以前、六歳の息子とぬりえをしていたときに「肌色とってくれる?」と色鉛筆を指差すと、「肌色って何?」と返された。自分が指差した色は、保育園では「うすだいだい色」と習ったらしい。調べてみると、色鉛筆はだいたい二〇〇〇年頃から順次「肌色」という名称を使わなくなったのだそうだ。実際、色鉛筆にも「うすだいだいいろ」と記されていて、もう二十年も経っているのに知らなかったことにショックを受けた。

でも考えてみたら、その通りだと思ったのだ。人の肌の色は様々なのだから、肌色なんて呼び方はしない方がいい。たとえ呼び慣れていなくても、差別的な言葉を使い続けるべきではないのだ。

他にも息子は、複数の選択肢を与えて、どれが一番好きかと訊くと、困ったように沈黙してから、全部好きだと答える。「お友達の中で誰と一番仲がいいの？」と尋ねても、「みんな好きだよ」と答えるのだ。何かを一番にすると、二番三番ができてしまうのが感覚的に嫌なのだろう。たしかに順位をつけて下を作る必要なんてないのだし、何かを好きという尊い気持ちを、わざわざピラミッドにしなくていい。息子が言うように、全部好き、みんな好きで構わないのだ。

つい先日は、人が死ぬことを前よりも理解できるようになったらしく、サンタさんにパパが死なない薬をお願いすると言っていた。可愛いことを言うなぁと妻と笑っていたのだが、実際それは子どもにとって切実なことなのだ。自分は六歳で父親を亡くしているので、その悲しさや寂しさをよく知っている。にもかかわらず、ついそのことを忘れて、そう簡単に死なないものだと思ってしまう。

そんなふうに、子どもから人としてどうあるべきかを教えられることは少なくない。もちろん普段はそこまで謙虚にはなれず、なんでも知っているかのように偉そうに振る舞って、恥ずかしくなることの繰り返しだ。

でも、その恥ずかしくなるというのが大事なことなんだと思う。子育てをする上で守りたいマナーはそれかもしれない。いくつになっても、自らの行いを省みることのできる親でいたいものだ。

おばとしての、マナー

温又柔

ちゃんと数えたことはないけれど、私には大勢のおじやおばがいる。特に、父方のおじとおばが「豊富」だ。何しろ、私の父は七人きょうだいの次男で、兄と姉と弟と妹がいる。

日本語を喋《しゃべ》る人は、一人もいなかった。中国語と台湾語を喋る人だらけだった。しかも、中国語なら中国語を、というわけでもなく、中国語を喋っていると思いきや、同じ会話の中に台湾語を当たり前のように混ぜる、という調子の喋り方をする人ばかりである。我が家だけが特別なのではない。歴史や政治や社会の事情が色々重なり合って、台湾では、それは割と「普通」のことなのだ。

赤ん坊から幼児になりつつあった私が、ウーウー、アーアーといった「喃語《なんご》」を脱して、これが欲しい、それを食べたい、あれしてみたい、どこへ行きたい……といった表現をするようになった時も、そんな感じだった。中国語でもなく台湾語でもなく、その二つの言語が混ざり合ったものこそが、私が人生の最も早い段階で覚えたことばなのである。

その意味で私は、台湾の子どもたちが自分のおじやおばを呼ぶ際の呼称も、永遠に忘れることはないだろう。

たとえば、ゴゴー。アムゥやアヂン。それにアイーとアギン……台湾では、おばはおばでも、その人が自分にとっての父と母のどちらの姉妹かで呼び方が変わる。父の兄の妻なのか弟の妻なのかでも変わるし、母の兄弟の妻を表すための「おば」の言い方もある。それを、たかだか二歳だか三歳の頃から私は、混乱することなく、使いこなしてきた。

父たちのお姉さんはゴゴー。太っちょの伯父といつも一緒に現れるのはアムゥ。いとこたちの母親は父の義妹なのでアヂン。母の妹はアイー。母の弟の新婚の妻はアギン。

幼い私のままごと遊びに付き合ってくれたり、手を繋いで散歩に連れ出してくれたりしたおばたちとの記憶や、そんなおばたちのそれぞれの存在感と分かち難く結びついて、様々な「おば」を表す一つひとつの響きが、私の中にしっかりと刻まれている。三歳で台北を離れ、東京に住むようになってからは特に、たまにしか会えないのもあって、台湾のおばたちは日本育ちの姪《めい》である私にいつも優しくしてくれた。

そんな私にも、今や、合計六名の姪と甥《おい》がいる。

いいおばでありたい、と言ったらちょっと大げさかもしれないけれど、かつての自分がそうであったように、今はまだ小さい姪っ子や甥っ子たちが、彼らにとってのアイー（母親の姉）やアギン（母親の兄の妻）やアムゥ（父親の兄の妻）もいる風景の中で幸福な幼年時代を満喫してるといいなとよく思う。だから姪っ子や甥っ子と会うたびに私は、いつもとても愉快だ。

登場人物の名前のマナー

白岩玄

小説内に出てくる登場人物の名前を決めるのは難しい。毎回新しい物語を書くたびに、だいたい十人程度の名前を考えるのだが、ぼくは基本的に、字面だったり、読み上げたときの語感だったりを重視している。主人公や重要人物である場合、作中でその名前を百回以上目にすることになるので、そこを好きになれないと、書くのが嫌になってしまうからだ。

使用するのは、現実にあり得る名前が多い。ごく普通の人の物語を書くのが好きなので、その「普通感」を名前からも感じ取ってほしいと思っている。

ただ、そういった名前をつけることのリスクもある。読んでくれた人の中に、同じ名前の人がいるかもしれないことだ。

先日、テレビ番組で、本名が「半沢直樹」だという男性が、病院などで名前を呼ばれる際に、周りがざわついて注目を浴びると言っていた。それは大変だろうなと、ちょっと笑ってしまったのだが、実在してもおかしくない登場人物の名前というのは、そうなる可能性を持っている。

そこまでの大ヒット作でなくても、こちらの書き様によって、読む人が嫌な思いをするかもしれないパターンもある。物語には、ときにいけ好かない人物も必要だが、その人の名前が偶然にも自分と同じだったらどうだろう。読んでいる小説の中に、あなたと同じ名前の人が出てきたとして、そいつはろくでもない人間で、他人を傷つけることなんて屁《へ》とも思わないというような説明があったとしたら、なんだか嫌な気持ちになるんじゃないだろうか。物語にも集中できないし、時間とお金を割いているのに損した気分になるかもしれない。そう思うと、たいしてこだわりがあるわけでもない登場人物の名前で、読む人を不快にしかねないのは、作者としては勿体《もったい》無いと思ってしまう。

もちろん、それを回避する方法はある。現実にはまずいない、フィクションならではの珍しい名前をつけるのだ。そうすれば、名前がかぶる可能性は限りなく低くなる。でも、さっきも言ったように、ぼくはごく普通の人を書きたい思いが強いので、珍しい名前をつけると、それだけでちょっと変わった人になってしまうような気がするのだ。なんなら、その珍しい名前で生きてきたことについて、本人がどう思っているかを（あるいはどんな反応をされてきたかを）、いちいち書きたくなってしまう。

そうなると、もう他に手がない。すべての人物をイニシャルにするわけにもいかないし、どうか読む人が嫌な思いをしませんようにと祈りながら、名前をつけることになる。

そんなわけで、祈るというのが、登場人物の名前をつける際のぼくのマナーだ。神頼みなマナーだなと、我ながら思う。

京都出身のマナー

白岩玄

ご出身はどちらですかと訊かれて「京都です」と答えると、「へぇ」と感心される。「いいですね、京都」と羨まれることも多い。一応、京都にも、市内か市外かの区別があって、京都府の北の方の出身の友人は、同じように羨まれても嘘をついているような気持ちになると言っていた。その点、自分は生まれも育ちも市内なので「え、市内なんですか」とますます感心される。

ただ、その感心のされようは、自分にとってあまり居心地のいいものではない。というのも、感心されて自尊心をくすぐられる割には、生まれ故郷に対して強い思い入れがないからだ。だから、大好きな故郷を誇らしく思うというよりは、たまたま出身地だった「京都」というブランドによって賞賛を浴びているようで、なんだか自分が虎の威をかる狐《きつね》であるような気がしてしまう。

もちろん京都で生まれ育ったことに、いい思い出がないわけではない。子どもの頃は鴨川や京都御所といった観光スポットが遊び場だったし、祇園祭《ぎおんまつり》はほとんど家の前でやっている地元のお祭りだった。宵山《よいやま》の提灯が灯《とも》された山鉾《やまほこ》で、わらべ歌を歌ってちまきの売り子をしていたこともある。

だから思い返せば、いいところで育ったんだなとは思うのだが、その風景を愛していたかと言われたら、素直にうなずけないところがあるのだ。なんというか、言い方はあれだが、自分にはそうした京都らしい趣のある風景が、そこまで心に響かなかったのだと思う。

じゃあそんな自分は、京都出身だと言うときに、どう振る舞うべきなのか。これはなかなか難しい問題ではある。他人から感心されて気持ちよくなるのは簡単にはやめられないし、よく言われる「出身地コンプレックス」みたいなものも、京都出身であることで、ほとんど持たずに済んでいるのだ。

だからせめて、虎の威をかりて威張っていると自覚するくらいのことはしようと思っている。それが京都をそこまで愛しているわけでもない京都人の自分にできる、最低限のマナーのように思うのだ。

それにしても、出身地というのは奇妙なものだ。僕は今、妻の地元である愛知県の田舎に家族で住んでいるのだが、このまま引っ越さなければ、子どもたちは田舎の子として育つことになる。彼らが大人になった際に出身地を訊かれたら、何もないところですよ、とか、周りは田んぼばっかりです、などと言うようになるのだろう。そしてそれは妻も同じなので、家族の中で自分だけが京都出身になるわけだ。となると、いずれは子どもたちからも「お父さん、京都の人なの？　めっちゃいいね」と言われる可能性がある。

これはもう、狐のまま生きていくしかないのかもしれない。

自己啓発のマナー

松家仁之

アメリカ人として生きるのは大変だな、と感じたのは一九九〇年代のことである。

海外版権取得の出張でアメリカに行くと、小説よりセルフヘルプ本、自己啓発書が読まれていると感じた。「あなたがこういう人になりたければこうしなさい」という成功者になるための人生指南、疲れた人迷える人への励ましや生きるヒントが、手を替え品を替え、書店に並んでいる。

対岸の火事と思っていたら、数年のうちに日本の書店でも自己啓発書が溢《あふ》れかえるようになった。たしかに、生きづらさは国を問わず広がっている。ではなぜ自己啓発の媒体に本が選ばれるのか。そもそも本の役割とは何だったのか。

グーテンベルクが発明した活字印刷によって最初につくられた本は聖書だった（一四五五年）。それから一五〇〇年までの四十五年間に印刷された本を揺籃《ようらん》本（インキュナブラ）というそうだ。ジャンルで分けると、宗教書の割合が四十五%、文学書が三十%、法律書が十%、科学書が十%、その他五%、だったという。

時間が流れるなかで、本の世界も世俗化が進み、宗教書の比率は低くなる。しかし「こうしなさい」という宗教書の文体は他のジャンルに飛び火し、自己啓発書が生まれ、宗教書の代用品になっていった……とまで言うのは穿《うが》ち過ぎかもしれないが、いずれにせよ人は、「こうしなさい」と言われることを求めたがる生きもののようだ。

文学は「こうしなさい」とは言わない。裏返せば「小説？　なんのためにあるの？」と言われかねない時代である。そう問う人を説得する言葉があるのだろうか。私にはない。

十代のころ愛読していた若者向け雑誌『POPEYE』から「大人になるとは？」というインタビューを受け、掲載誌が届いた。「いつか大人になったなら。」という特集タイトル。自己啓発の匂いもするが、ちょっとちがうのだ。お洒落《しゃれ》や肌の手入れなどに力を入れているのは昨今当然として、振る舞いについてもページが割かれている。曰《いわ》く、悪口を言うためにコンピューターを使わない、魚をきれいに食べられる、信頼できる書店を持つ、カラオケの選曲で迷わない、感謝の気持ちは一筆添えて、などなど。なるほどと思うことばかりだ。

ここには社会的成功をめざすギラギラした断定も、自分が幸せになりさえすればいい、という姿勢もない。ちょっと古風で愛嬌《あいきょう》もあって、社会の一員としての視点がある。今の大人にこそ読まれるべき特集ではないかと感心した。

紙質、デザインも含め、隅々まで行き届いた雑誌づくりは紙媒体の魅力に溢れている。本や雑誌の終焉《しゅうえん》を言うのは簡単だが、これをつくるのは大変、とため息が出た。身だしなみを整え、頼ったり頼られたりしながら、人生を楽しもう。初老のオジサンはそう考えた。

靴紐のマナー

松家仁之

段ボール何箱分かの本を処分した。和書は古書店に運んだ。迷ったのは洋書で、大学時代の本もあり、本文紙のヤケが強い。珍しい本はとくにない。考えた末、町内会の古紙回収に出すことにした。問題は麻紐《ひも》での結束だ。

最近はとんと見かけなくなったちり紙交換業のおじさんは、古新聞にシャッシャッ、クリ、クリと目にも留まらぬ早さで麻紐をまわし、十字に束ね、最後にキュッと縛って片手に提げ軽々と運んでいたものだ。私が束ねると、たちどころに麻紐がゆるみ、ぐずぐずになる。結ぶのが昔から苦手だった。

小学校に入学して間もない頃、家庭訪問に来ていた担任教師が、玄関で靴の紐を結んでいた私の手元を見て笑った。さすがに縦結びではなかったが、たぶん、あまりにぎこちない手つきがおかしかったのだろう。半世紀が過ぎてもなお覚えている。子どもながらに傷ついたのだ。

靴紐の結びかたが下手なことをあらためて自覚したのは、大人になってからである。社内のテニス大会で（牧歌的な八〇年代前半のこと）、コートを左右にどたどた駆けていたら片方の靴が脱げてしまった。ワッと笑われ、試合にも負けた。

スペイン内戦が終わったばかりの一九四〇年――。カスティーリャの小さな村を舞台にした映画『ミツバチのささやき』は、映画館で見て、ＤＶＤで見て、先日は新しいブルーレイで見直した。小学校にあがったばかりの少女アナが、自分の靴の紐を結ぶシーンに今回は目が奪われた。

　夜になれば出会えるかもしれない精霊をもとめて、こっそり家を抜け出す場面。ベッドの上で靴紐を結ぶ手元にカメラは寄り、一部始終を映し出す。慌てない、たしかな指の動き。

　そのあとには大人が靴紐を結ぶシーンも出てくる。敗走中なのか、捕まって護送中なのか、人民戦線側とおぼしき男が汽車から飛び降りて逃げ、身を隠すことになる廃屋。そこはアナにとって精霊に出会えるかもしれない秘密の場所だ。足首に怪我を負った男の突然の出現にアナは驚くが、やがて親には内緒で食べ物や飲み物を運ぶようになる。あるときアナは、負傷した足首に気をつけながら男の靴紐を結び直す。初めて他人の靴紐を結ぶアナ。しかも恋人か、母親ででもあるかのような手つきで。

　アナが自宅で眠っている夜、隠れているところを見つかった男は射殺される。公民館に収容された遺体には毛布がかけられ両足が出ている。左足は靴下を履いているが右足は裸足《はだし》。アナがしっかり靴紐を結んだ側だ。

　射殺され、靴を脱がされたとき、靴下もいっしょに脱げたのだとすれば、靴紐を結んだアナの手の跡が、そこにはある。

　男の遺体を見ることはないアナ。靴と靴下がいっぺんに脱げてしまったのをもはやわからない男。靴紐の記憶はアナのこころに生きて残る。

選考のマナー

宮内悠介

小説の新人賞の選考をはじめて五年くらいになる。選考とはどういうものかというと、オーソドックスなものでは、まず下読みと呼ばれる一次選考があって、そこで十分の一くらいに絞られる。それから二次選考、三次選考とあって、最終的に五、六作に絞られたものが最終選考作として我々委員に送られてくる。それを読みあわせて、ああでもないこうでもないと議論するわけだ。

受賞作は数百、数千から一つ二つに絞られるので、倍率だけ見るならば司法試験とかよりも難しい。普段ふざけたことを言ってるあの人やこの人も、かつてそれを通過しているのである。必勝法はない。ひょいと通過する人もいれば、長年苦しめられる人もいる。ぼくは後者だ。十年くらい一次選考も通らず、しまいには本の背表紙を見るのも嫌になった。

通じる人には通じる呪いの文句がある。「日本語になっていれば一次は通る」というものだ。いわんとするところはこうだ。下読みの一次選考には、日本語になってないような作が多く送られる。したがって、日本語にさえなっていれば一次などは簡単に通過するというわけだ。下読みの立場に立つならば、これは一面において真実なのだろう。でもこの言葉は、暗にぼくにこう言っている。おまえの作は日本語にもなってないよ、と。ね、これって呪いでしょ。

実際は、一次選考はもう少し難しい。十本のうち一本くらいしか残らないので、一次を通るやつというのは最低限おもしろい。逆に実験しすぎていたり、物語を見せることよりも才気を見せることのほうに傾いていたりすると、一次は落ちる。ぼくはそういう道理がわからず、「日本語になっていないのか？」と思い悩んだ。

もし同様の悩みを抱えている人にアドバイスを求められたなら、「見出されようという気持ちを捨てて、人を楽しませるつもりでやってみよう」と言うと思う。ある種の人には、それが早道になる。

ともあれ、原稿を送るときの祈るような気持ちは忘れたくないし、それを忘れずにいたいと思う。

選考にあたっては細かくメモを取る。どんな小さなきらめきも見落としたくはない。それは応募者が祈るようにこめた輝きのかけらだからだ。けちをつけようと思えばいくらでもできるので――それはプロの作品に対してだってそう――いいところや可能性に目を向ける。万一にも、無意識にアイデアを盗んだりしてはならないのでとにかく細かく記録をつける。

選評ではなるべく美点に触れる。それではためにならないと言う人もいるだろうけれど、ぼくはそうは思わない。自分の欠点を一番よくわかっているのは、結局は自分だと思うからだ。世間は厳しい。選評くらい、褒めてくれても別にばちは当たらないだろう。

夢を語るマナー

服部文祥

山岳ガイドを養成する専門学校で講師をしている。といっても、年に一回、学校の近所の山で、生徒たちと一緒に一泊二日のプチ・サバイバル登山をするだけである。

ロープウェイで山頂に行っても「登山した」とはいわない。登山とは自分の力で登ることを楽しむ行為である。ガイドにお金を払って連れて行ってもらったら、たとえ自分の手足で登っていても根本のところが「登山的ではない」と私は思っている。

そんな意地悪を、これから山岳ガイドになろうという若者たちに言いながら、山に入り、釣りをして、焚火で調理し、眠る。もし出会えば、カエル、ヘビ、山菜、きのこなども食べる。

毎回、夕食を終えて薄暗くなったころに「野望タイム」という企画を恒例としてきた。焚火を囲んで、本当のところ自分はどうなりたいのか、夢をみんなの前で発表するという催しである。

職業の選択肢はたくさんあり、自分のやりたいことやなりたいものに向かって努力することが、ほとんどの人に許されている時代である。そんな今の時代を、そうではない時代を生きた年寄りたちは「いい時代だ」と手放しで評価した。選択肢の乏しかった時代を生きるしかなかった素直な実感なのだろうが、私は幼い頃から反発を覚えていた。

何をしてもいい時代は、何をしてもいいが故に、自分の才能や情熱や勇気の限界が露《あらわ》になる時代である。多くの人が自分の能力に向き合わされる残酷さも併せ持つ。選択肢が多いことは文明のすばらしい恩恵であるのは間違いないが、それで人の悩みが消えるわけではないのだ。

昭和のスポ根アニメによって、私は「自分になにか才能が備わっているならそれを発揮しないのは罪ですらある」という価値観を植え付けられた。だが近頃の若者は違う。経済活動を推し進めれば地球が壊れるし、ぐうたらではニートと蔑《さげす》まれる。ほどほどに楽しまなくてはならない難しい時代を生きている。

野望タイムで発表される夢には、「地元に帰って、よい人に出会って結婚し、地域を活性化するような仕事をしたい」というものが多い。地域活性化の具体的な内容が地元の経済的向上では、現代社会と同じ袋小路である。

「じつは音楽への想《おも》いを捨てきれない」とか「ヒマラヤに登って有名になりたい」とか、ド直球の夢を語る若者も毎年ひとりくらいいる。これはほほえましい。「夢がない。やりたいことが、ほんとうに思いつかない」と頭を抱える者もいる。これは痛々しい。

本当の野望など口にしたくないかもしれない。ただ、ときどき立ち止まって自分の本心と向き合い、理想の未来像から逆算して、いま何をすべきなのか考えてみるのは悪いことではないと思っている。

この世に生きるマナー

服部文祥

「人類が繁栄するために、少々自然環境を壊して何が悪いの？」というある意味率直な意見を聞くことがある。私はやや過激な環境保全派なので、そういう意見は説得力ある理屈で論破したいが、いつも言葉が出てこない。よくよく考えてみると自然保護思想を絶対善とする明確な根拠はないからだ。言えるのは、これまでバランスよく続いてきたことが、都市文明のために急速に変化しており、それは生命にとって良くなさそう、という程度である。

そもそも、私自身が都市文明の恩恵にどっぷり漬かって生きている。人間が自然物であるなら、人の行為の文明も自然な行為であるはずだ。

宇宙規模のマクロな時間で考えれば、生態系や人類が滅亡するのは、それほど遠くない未来だという。とはいえ、我々が生きているのは、今日もまた等身大の日常だ。マクロで見れば意味も価値もない個人の命も、等身大で考えれば、この世を認識する存在としてあることそのものが驚異的僥倖《ぎょうこう》といえる。

五十歳を過ぎ、若い頃に比べて薄れてきたことがある。ちょっとした知り合いとの人間関係を大切にしようという気持ちだ。新しい知り合いができても、もう仲を深めている時間がない。ましてやソりの合わない人と我慢して表面上の付き合いを続ける時間はもっとない。

この間、自分にとって本当に大切な人間関係はどのくらいあるのだろうかと考えてみた。思索をグルグル巡らせて、家族や古い友だちくらいだなあ、と結論した。特に伴侶との有性生殖の末に出会った三人の子どもは、ただただだいとおしい。いとおしさとは喜び（プラスの感情）だが、もし自分が一方的にいとおしいと思っているだけなら、その喜びは半減である。ぜひ、子どもたちにもプラスの感情を抱いてほしい。そのためにはどうすればいいのだろうか。

これもまた考えて、「結局、子どもたちが自分の境遇を幸福であると感じることだろう」と思い至り、ハッとした。


幸福の連鎖がそこにあるからである。私が幸福であるためには、家族や友だちが幸福でなくてはならず、家族や友人が幸福であるためには、彼らがまた大切に思う人が幸福でなくてはならないとなると、未来の子孫たちが幸せだと思えるように、自然環境はできるだけ良いバランスで保全しておいた方がいい。自分が死んだ後の世界もすばらしいことが、巡り巡って今の私を幸せにするのだ。そしてこれは短絡的な欲望のために環境を犠牲にする態度への反論にもなっている。

人類はいつか必ず絶滅する。だがそれでも、ひと世代でも長く幸福感を感じられるように、地球を健全に保つべく自分の生き方を考える。それはこの世に生きるマナーだと私は思っている。

あきらめのマナー

戌井昭人

これまで様々なアルバイトをしてきた。そもそも就職活動をしなかったので、大学を卒業してからも、ずっとアルバイト生活だった。典型的なろくでなし生活に陥りそうだが、就職はしないで「本当に自分がやりたい事を見つける」と意気込んでいた。しかし三十歳を過ぎたあたりから惰性でアルバイトをしているような状態になり、何を本当にやりたいのかすら曖昧になっていた。つまり本格的にろくでなし感が増していた。

あげく「就職しておけば良かった」などと弱音を吐き、実際にカメラ機器の会社の就職面接を受けたりもした。真夏だったが、一着しかない冬用のスーツを着て面接に向かった。だが会場が分からず迷い、炎天下を歩きまわって、バケツの水をかぶったみたいに汗まみれで面接を受ける羽目になった。これが、どういうわけか採用の通知が来た。

しかし、それを知った私の父や友達は激怒した。せっかく就職が決まったのに怒る親がいるのかと思ったが、父の怒った理由は、「三十歳過ぎてまで色々な人に迷惑かけながら、よくわからないことをやってきたのに、あきらめて就職するなんてどういうことだ。迷惑かけてきた人に失礼だろ」ということだった。友達には「いままで、アンタの行う馬鹿《ばか》なことに付き合ってきたのに、やるならとことんまでやれ」と言われた。

自分の人生だから、他人にあれこれ言われる筋合いはないが、それまでの人生を振り返れば、私のろくでもない行いに付き合ってくれた人たちがいたわけで、他人を巻き込んできたのも事実だった。

もちろんあきらめるのが大事な場合もある。家族ができたり、病の静養などは仕方がない。だが、それは前に進むためのもので、本人の気力さえあれば、あきらめではなく、前進するための方策となるのだ。

一方、自分の場合は、当時の現状の辛《つら》さから逃れたいだけで、あきらめようとしていた。そして申し訳なかったが、せっかく採用してくれた就職先は辞退した。


それからは、ふたたびアルバイトをしながら、「勝手にあきらめるな」と自分に言い聞かせてやってきた。

書き上げた小説が初めて文芸誌に掲載されたときは、まわりの方々が本当に喜んでくれた。その後の芥川賞では候補になって落ちてと五回ほど期待させては落胆させてきたが、川端賞を頂いたときは、巻き込んできた方々が、私以上に喜んでくれ、そのとき「自分の人生は、自分の為《ため》だけではない、だから簡単にあきらめてはいけない」と思うことができた。

自分で勝手にあきらめるのはマナー違反なのかもしれない。そのとき、一旦《いったん》まわりを見渡せば、あきらめようとしていた気持ちは消えていくだろう。そしてまだまだやれると自分に言い聞かせるのだ。

初出及び著者別掲載頁

本書に収録したエッセイは、
読売新聞・水曜日夕刊の
「たしなみ」欄に掲載されたものです。
初出及び本書掲載頁は次のとおりです。

青山七恵（あおやま・ななえ）
一九八三年生まれ。作家。
初出　二〇二二年四月六日〜二三年三月二十九日
（p6　p54　p56　p72　p76　p90　p104
p106　p152　p164　p174　p200　p202）

戌井昭人（いぬい・あきと）
一九七一年生まれ。作家。
初出　二〇二〇年四月十四日〜二一年三月二十四日
（p10　p58　p60　p88　p102　p150　p156
p160　p166　p180　p204　p230）

小川糸（おがわ・いと）
一九七三年生まれ。作家。
初出　二〇二一年四月十四日〜二二年三月十六日
（p26　p48　p50　p96　p98　p128　p130
p154　p168　p184　p186　p208）

温又柔（おん・ゆうじゅう）
一九八〇年生まれ。作家。
初出　二〇二三年四月二十六日〜二三年十月十八日
（p30　p32　p144　p176　p194　p196　p214）

恩田侑布子（おんだ・ゆうこ）
一九五六年生まれ。俳人・文芸評論家。
初出　二〇一九年四月二日〜二〇年四月七日
（p14　p36　p66　p68　p74　p92　p118
p120　p122　p124　p138　p140　p188）

白岩玄（しらいわ・げん）
一九八三年生まれ。作家。
初出　二〇二三年四月十九日〜二三年十月十一日
（p12　p28　p162　p170　p212　p216　p218）

服部文祥（はっとり・ぶんしょう）
一九六九年生まれ。登山家。
初出　二〇二一年四月七日～二二年三月九日
（p20　p110　p112　p114　p116　p136　p146
p148　p182　p206　p226　p228）

松家仁之（まついえ・まさし）
一九五八年生まれ。小説家。
初出　二〇一九年四月九日～二〇年三月十七日
（p8　p16　p24　p40　p42　p44　p62
p70　p86　p172　p220　p222）

宮内悠介（みやうち・ゆうすけ）
一九七九年生まれ。作家。
初出　二〇二二年四月二十七日～二三年三月二十二日
（p18　p34　p46　p78　p82　p84　p100
p132　p134　p190　p198　p224）

装丁　寄藤文平＋垣内晴（文平銀座）

ゆれるマナー

2024年 3 月25日　初版発行

著　者　青山《あおやま》七恵《ななえ》／戌井《いぬい》昭人《あきと》
小川《おがわ》糸《いと》／温《おん》又柔《ゆうじゅう》
恩田《おんだ》侑布子《ゆうこ》／白岩《しらいわ》玄《げん》
服部《はっとり》文祥《ぶんしょう》／松家《まついえ》仁之《まさし》
宮内《みやうち》悠介《ゆうすけ》

発行者　安部順一

発行所　中央公論新社
〒100-8152　東京都千代田区大手町1-7-1
電話　販売 03-5299-1730　編集 03-5299-1740
URL https://www.chuko.co.jp/

D T P　嵐下英治
印　刷　大日本印刷
製　本　小泉製本

Published by CHUOKORON-SHINSHA, INC.
Printed in Japan　ISBN978-4-12-005766-3 C0095

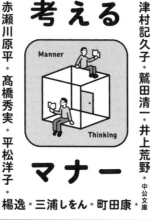